250

MOI, VOUS ME CONNAISSEZ ?...

Emballage cadeau.
Appelez-moi chérie.
T'es beau, tu sais !
Ça ne s'invente pas !
J'ai essayé : on peut !
Un os dans la noce.
Les prédictions de Nostrabérus.
Mets ton doigt où j'ai mon doigt.
Si, signore.
Maman, les petits bateaux.
La vie privée de Walter Klozett.
Dis bonjour à la dame.
Certaines l'aiment chauve.
Concerto pour porte-jarretelles.
Sucette boulevard.
Remets ton slip, gondolier.
Chérie, passe-moi tes microbes !
Une banane dans l'oreille.
Hue, dada !
Vol au-dessus d'un lit de cocu.
Si ma tante en avait.
Fais-moi des choses.
Viens avec ton cierge.
Mon culte sur la commode.
Tire-m'en deux, c'est pour offrir.
A prendre ou à lécher.
Baise-ball à La Baule.
Meurs pas, on a du monde.
Tarte à la crème story.
On liquide et on s'en va.
Champagne pour tout le monde !

Réglez-lui son compte !
La pute enchantée.
Bouge ton pied que je voie la mer.
L'année de la moule.
Du bois dont on fait les pipes.
Va donc m'attendre chez
Plumeau.

Hors série :

L'Histoire de France.
Le standinge.
Béru et ces dames.
Les vacances de Bérurier.
Béru-Béru.
La sexualité.
Les Con.
Les mots en épingles de San-
Antonio.
Si « Queue-d'âne » m'était conté.
Les confessions de l'Ange noir.
Y a-t-il un Français dans la
salle ?
Les clés du pouvoir sont dans la
boîte à gants.
Les aventures galantes de Béru-
rier.

Œuvres complètes :

Vingt et un tomes déjà parus.

SAN-ANTONIO

MOI, VOUS ME CONNAISSEZ ?...

Roman Spécial Police

ÉDITIONS FLEUVE NOIR
6, rue Garancière - PARIS VIᵉ

réimpression

Édition originale parue dans notre collection *SPÉ-CIAL-POLICE* sous le numéro 893.

Texte paru également dans le *Tome XV* des Œuvres Complètes de SAN-ANTONIO.

ISBN-2-265-02278-0

PREMIÈRE PARTIE

ET FINI... ÇA COMMENCE !

CHAPITRE PREMIER

PIF !

Rebecca a voulu qu'on aille boire le dernier chez elle et c'est comme ça que tout est arrivé.

— C'est une môme pas ordinaire, Rebecca.

Et d'abord elle ne se prénomme pas Rebecca. J'ai vu sa carte d'identité, incidemment, tout à l'heure, quand elle a fait choir son sac. Marcelle, elle s'appelle. C'est une petite brune délurée qui ressemble à Zizi Jeanmaire. Quand elle marche, on dirait toujours qu'elle fonce sur quelqu'un pour le gifler. Elle a un petit fessier drolatique, rond et dur, que vous pourriez tenir dans vos deux mains, si elle vous le permettait ; ce qui m'étonnerait car y a pas plus sérieux que cette frangine.

Ce qu'elle trompe son trèpe ! Moi, dès le premier regard, je l'avais cataloguée escaladable fastoche. A mon sens (celui du rez-de-chaussée) ça représentait un dîner et un quart d'heure d'entretien à bâtons rompus, la renversade finale. Une pelle pleine d'autorité, une paluche investigatrice, et inscrivez la jolie mademoiselle au tableau de chasse de monseigneur San A. !

Va te faire lubrifier les soupapes, mon pote !

Vous parlez d'un os ! Devait être compagnonne de la Résistance, Rebecca ! Pourtant je me la suis emparée à

la surprise. N'empêche qu'au moment de lui appliquer
la galoche gloutonne, j'ai plus eu sous les lèvres que sa
tempe avec les petits cheveux fous qui y moussent.

— Qu'est-ce qui vous prend ! elle a exclamé.

Ce qui me prenait ? Une tricotine monumentale, mes
bien chers frères ! La vraie massue phénoménale, celle
qui t'oblige à marcher au pas de l'oie. D'avoir brusquement son petit corps parfait, tout frétillant, dans mes
bras, ça me filait le grand embrasement dans les pipe-
lines. La seule différence existant entre la place de la
Concorde et moi, c'est que, sur la place de la Concorde ,
l'Obélisque est absolument à la verticale.

Et voilà-t-il pas que cette bougresse m'échappe ! Me
tance ! Me morigène ! Me dit que je suis un bouc en
chaleur ; un tringleur pour fin de banquets ; un lapin en
folie ; un portefaix hystérique ; un salace ; un libidineux ;
un abject aux glandes dégoulinantes ; un vicieux ; un
lubrique ; un démoniaque... Tout ça à cause d'une
langue fourrée qui ne l'a seulement pas été !

— Mande pardon, mon immaculée ! je lui ai ron-
chonné. J'avais pas remarqué que je sortais la petite
sœur Jésus de l'enfant Thérèse !

S'est ensuivie alors une conversation épique sur le
rôle de la galoche princière dans la société moderne, et
sur la dislocation des mœurs consécutive à un manque
de retenue de plus en plus évident dans le sensoriel.
Selon la philosophie de Rebecca, l'abus d'abandon, la
spontanéité dans l'élan physique, l'aspect banal de la
caresse trop impulsivement prodiguée privent l'individu
de la sublimation de l'amour. Elle se réfère aux animaux
pour me prouver que l'acte charnel est, dans la nature,
une chose quasi sacramentelle. Moi je l'écoute en

matant ses roberts et en supputant la couleur de leurs bouchons de radiateurs.

Un zig en chaleur, vous pouvez lui déballer toutes les philosophies de la terre et du ciel : lui faire appel au sublime, à la conscience, à l'esprit. Godeur il est, godeur il demeure tant qu'on lui a pas déconnecté le trémulseur à ondes courtes. Dans ces cas-là, le blabla savant ne désomnubile pas un mec ; au contraire : il fait que lui renforcer l'impétueux qui gargouille dans ses fibres. Son bel esprit, sa chasteté, son sens de la pureté, la pureté de ses sens, elle peut verser tout ça dans une bouteille, Rebecca, et se coller icelle dans le rectum. Un mec affamé, c'est pas la lecture de Boileau, ni même celle de Boileau-Narcejac qui va lui colmater les brèches stomacales ou combler ses dents creuses. On est tous les vassaux de la matière, les disciples du solide, les chevaliers du concret. Tant mieux, ça rassure. Foutez mes viscères dans un canope et mes testicules dans du formol, embaumez le reste de mes restes et vous occupez pas de mon âme. Surtout pas. Never ! J'en fais mon affaire ! J'expulserai avec mon dernier soupir ou mon ultime pet. L'ira vadrouiller dans les zéphirs, ma belle âme. Elle butinera le vent du large et caressera les pollens. La prenez pas en charge, surtout. Faut qu'elle circule à sa guise, avec ou sans moi. On ne peut rien pour elle, elle a l'habitude d'être orpheline !

Donc je reste avec ma tringle à rideau bien féroce, à écouter tartiner la ravissante môme. Elle est secrétaire de direction chez j' sais plus quel directeur, Rebecca. Je l'ai rencontrée dans les couloirs méandreux de la Grande Cabane. Elle apportait un pli et elle en avait un autre au front parce qu'elle était complètement paumée dans la masure des établissements Pue-pieds. J'ai compris son embarras (de circulation), l'ai remise dans le droit chemin en la convoyant jusqu'au burlingue qu'elle cherchait. Un peu plus tard, je l'ai retrouvée, toujours errante dans nos délicats locaux. Elle avait du temps devant elle. Moi, vous me connaissez? Lorsqu'une jolie môme a du temps devant elle, j'en ai également devant moi. Bref, le soir même je l'emmenais dîner au *Coupe-Chou*. Et c'est en retournant à ma chignole que l'élan me prend de l'embrasser et que cette bêcheuse me rebuffe.

**

Je pianote nerveusement mon volant tandis qu'elle me distille ses textes édifiants sur la manière d'agencer les rapports sexuels. Pendant qu'elle essaie d'évangéliser l'homme au chibrock dévastateur, ce dernier, dont l'occurrence n'est autre que moi-même (dirait mon Béru), se tient *in petto* le langage ci-dessous :

« Mon San-A., t'as commis une erreur d'estimation et, de ce fait, perdu ta soirée. Te reste plus qu'à vite parachuter cette conne dans un minimum de temps et avec un maximum d'égards et à courir chez une des potesses de ta « cuvée réservée » pour te faire oblitérer les glandes. »

Car, vous ne l'ignorez pas, mais mon organisation est de première bourre. Quand on demande au père Mao pourquoi il tolère ce furoncle occidental qu'est Hong-Kong, il hausse les épaules et répond : « Pff, c'est un coup de téléphone à donner. » Pour bibi, sur le plan tendresse, c'est du kif. A Paname, la reluisance, c'est également « un coup de grelot à donner ».

A bout de respiration, la révérende pimbêche finit par

se taire. J'en profite pour lui demander où elle crèche
afin de la raccompagner.

— Dans l'île Saint-Louis, me répond-elle.

Ça m'adoucit la rogne car j'adore l'île Saint-Louis et
j'apprécie toutes les occases qui s'offrent à moi d'y aller.
C'est romantique et Louis XIII, beau et un peu nostal-
gique.

Elle habite quai d'Orléans, là où la Seine se divise
encore pour séparer l'île Saint-Louis de l'île de la Cité.
De nuit, c'est féerique. Par chance, je trouve une place
sur le trottoir pour ma pompe et je m'apprête à prendre
congé de ma donzelle lorsqu'elle me dit, après une
courte hésitation :

— Montez donc prendre un verre.

Du coup, j'ai le trémulseur-à-injection-prompte qui
tambourine à la cloison de mon kangourou. Qu'est-ce à
dire ? M'zelle Chochotte se raviserait-elle ? Aurait-elle
des remords ? Ça arrive. J'en ai connu, des sœurs,
beaucoup ! Des tas ! Plus encore ! Elles mignardaient au
départ, se réfugiaient la vertu derrière les boucliers de la
morale, voire de la religion, et puis, dès l'instant que
vous les laissiez quimper, elles se hâtaient de valdinguer
leur slip ! P' t' être qu'elle appartient à cette catégorie
d'hypocrites, Rebecca ? Pour la décider faut lui bouscu-
ler la vanité, appliquer le système du dédain.

Comme pour me détromper, elle ajoute :

— J'ai quelques copines ce soir à la maison, elles
seront, je pense, ravies de voir un homme.

Voilà qui m'oriente les ardeurs sur un nouveau terrain
de compagnes. Un troupeau de gonzesses, j'aime assez !
Encore que ces petites pestes, lorsqu'elles se sentent en
nombre, face à un mec seulâbre, se comportent la
plupart du temps comme des galopines. C'est à qui se

paiera sa frime. A qui sortira des vannes bien cruels. Une horde d'hyènes, je vous dis ! Tu parles que je connais la musique ! Mais enfin, moi, vous me connaissez ? San-A., c'est le gars qui raffole du risque.

Je suis donc ma petite camarade dans un immeuble majestueux sur la façade duquel une plaque de marbre indique que dans cette maison, un perruqué Grand Siècle a rencontré j' sais plus qui.

L'escalier de pierre est de toute beauté. La rampe en fer forgé est tellement pur 17e qu'on se demande ce qu'elle fout dans le 4e arrondissement.

— J'espère que vous êtes en souffle ? gazouille ma jolie popotineuse dont chaque degré accentue le mouvement ondulatoire du bassin parisien. Car nous habitons un duplex tout en haut.

Je lui rétorque que je ne suis pas encore podagre. Pourtant l'escalier nécessite un effort qui provoque chez moi une opportune détumescence. Y a toujours une certaine nostalgie pour un homme à dérecter, néanmoins je préfère ne pas arriver chez ces demoiselles avec une hallebarde dans mon bénard, ça fait tout de suite négligé !

— Vous avez dit « nous habitons » ? reprends-je. Vous partagez votre appartement avec une amie ?

— Exactement.

Ça me botte. Y a toujours à gratter chez des souris qui crèchent ensemble. M'est arrivé parfois de grimper avec l'une et de finir la noye avec l'autre, quand ce n'était pas avec les deux à la fois. Dans ces cas-là, faut pas s'effrayer. Garder la tête froide et le cœur chaud et surtout se prodiguer à bon escient. Je connais des follingues qui savent pas doser leurs efforts et qui, de ce fait, créent des mécontentements outrageants. Des chiens fous de l'amour, qu'à peine en action, ils déjantent, les cons, sans se soucier des pauvrettes qui font la queue ! Ah ! les horribles goulus ! Leur esprit de jouissance détruit l'harmonie d'une soirée. Des lavedus sans la moindre retenue ! Egoïstes dans la foulée ! Crac zim boum ! Et plus personne, monsieur se croit dégagé de ses obligations ! Te termine même pas la frangine en cours ! La laisse en panne des sens, toute bramante ! Ayant déjà perdu la notion du langage articulé pour clamer ses frénésies en néanderthalien. Ces mecs, on devrait leur retirer leur permis de copuler. Les éburner comme des olives à farcir. Et le pire, c'est leur insuffisance, à ces loques-breloques. De s'être détergé le guignol, ça les rend vaniteux. Ils croient avoir accompli une rare prouesse. Les v'là qui flattent d'une main reconnaissante leur pénoche rabougri, comme on caresse l'encolure du bourrin venant de remporter le prix de l'Arc de Triomphe. N' se soucient plus des malheureuses tordues par les affres. Soulagés, ils plastronnent honteusement, déambulent en prenant des attitudes de toréros et en se fouettant le haut des cuisses de leur zézouillard flasque. Insensibles aux petites sœurs dépâmées qui se démantèlent le trésor avec les contondances à leur portée. Minables, va ! Vous croyez qu'ils chercheraient à leur compenser ce vilain lâchage, les sinistres gueux ? Une petite tyrolienne vite fait, une gamme express ? Tiens, fume ! L'assouvissement les rend impitoyables. Tout juste s'ils rigolent pas des détresses fumantes qui les environnent. Qu'est-ce que je dis « tout juste » ! Y en a qui rigolent ! Je le jure sur votre pubis. Ils se gaussent de voir des filles en manque. Après ça, l'homme s'étonne d'être cocu ! La vérité, mes drôles, c'est que votre encornage vient de votre promptitude. Vous êtes des bâcleurs ! Des saboteurs ! mieux : vous vous voulez compétitifs quant à la brièveté de vos actes sexuels.

C'est à qui s'épongera le plus vite ! J'ai entendu un zig affirmer qu'il se dégageait l'intime en trente-huit secondes *montre en main !* Sa propre expression : montre en main ! Trente-huit secondes !

— Et la dame ? qu'on lui a demandé.

Il a eu un geste insouciant, style : qu'elle aille se faire foutre !

Eh ben, je vais vous dire : elle y a sûrement été !

De songer à ça, tout en gravissant les marches, ça me fortifie dans de louables résolutions concernant les pépées de la soirée. J' suis décidé à me prodiguer minutieusement. Je négligerai rien. Ni les solos de menteuse ni les véroniques. J'aiguillonnerai de part et d'autre. Je serai omniprésent. Touche-à-tout génial ; taste-mottes averti. Je butinerai de nichemards en chaglagattes ! Battrai la folle mesure de ce con-sert-tôt. Bref, me montrerai digne de la confiance que ces demoiselles me laisseront placer en elles !

Rien qu'à la lourde, déjà, on pressent du luxe hautement artistique : la manière qu'elle est moulurée, son heurtoir qui représente une main de femme en bronze dans un doux geste masturbateur. Rebecca toque.

De l'autre côté de l'huis on entend de la musique sérieuse, de celle qui met en transe les amateurs éclairés et qui fait bâiller les autres.

— La surpatte est commencée, on dirait ? fais-je à mon hôtesse.

Elle hoche la tête sans répondre. La porte s'ouvre et une solide quadragénaire taillée à coups de hache surgit devant nous, un cigare entre les lèvres. Elle porte un blue-jean délavé et une chemise d'homme dans les écossais rouges. Ses cheveux sont coupés court. La dame fait de la couperose. Elle n'a pas de poitrine mais un gros dargif carré. Ses manches sont retroussées. Une montre d'homme (et de plongée) accentue l'épaisseur anormale de son poignet.

Elle nous regarde d'un air maussade, moi surtout, comme si j'étais un ordonnateur de pompes funèbres qui se serait gouré d'étage et viendrait lui livrer un cercueil destiné au voisin d'en dessous.

— 'Soir, Nini ! lance Rebecca avec une désinvolture qui sonne un peu faux.

L'autre ne s'écarte pas pour autant.

— Qu'est-ce que tu ramènes là ? grommelle-t-elle en me désignant d'un hochement de tête qui fait s'écrouler la cendre de son havane.

Vous parlez d'un comité d'accueil ! Une vraie ogresse, cette madame ! Pour mézigue, toujours informé de l'humain, c'est un trait de lumière ! La brutale révélation ! Je pige la regimbe de la môme Rebecca, tout à l'heure, au moment où j'ai essayé de lui enseigner la première figure de mon patinage artistique !

Sa pruderie ? Une rigolade ! Passez-moi la jeune fille sérieuse ! Elle se nourrit de gigot à l'ail, m'zelle Nitouche ! Doit être en ménage avec la veuve Clito. Ces donzelles se dégustent nature !

Y'a bectage de frifris à la maison. On travaille dans la muqueuse sur le quai d'Orléans. Le refuge des pourléchés-pour-compte. Ça se tricote des cache-nez en poil de triangles chez les bonnes mademoiselles ! D'un regard, je vous dis, ça m'évidence. Et l'autre vache au cigare qui renaude : « Qu'est-ce tu ramènes là ! » Non, mais sans blague ! Je me suis pas farci cinq étages à pincebroque pour me faire recevoir comme une fiente de pigeon sur un revers de veste.

— Excusez-la, cher monsieur, je rétorque à l'ogresse, cette bonne jeune fille m'a trouvé, grelottant de froid sous le porche de votre immeuble et, saisie de pitié, elle m'a fait monter pour me donner un quignon de pain.

Rebecca éclate de rire, ce qui n'est pas du goût de sa partenaire.

— Tu le trouves drôle? demande-t-elle. Moi, l'humour de l'escalier, et c'est le cas de le dire, je t'en fais cadeau!

La moutarde continue de m'envahir le tarin.

— Il n'a pas l'air folichon, votre grand-père, dites donc, Rebecca, renchéris-je. Je comprends que vous soyez tentée d'amener des matous chez vous pour faire diversion. Enfin, comme je ne veux pas qu'on vous prive de dessert jusqu'à la fin du mois, je vous quitte. Bonsoir, m'sieur-dame!

Là-dessus, je décris un demi-tour à droite, droite! impeccable et me mets à dévaler l'escalier.

J'atteins à peu près le troisième étage lorsqu'une voix tombe des hauteurs.

— Hé! qu'est-ce qui vous prend?

Je m'arrête et brandis vers le toit mon physique de théâtre. De la cendre de cigare me pleut dans l'œil. Tout là-haut, penchée par-dessus la rampe, j'aperçois la chemise écossaise de dame Nini.

— C'est à moi que vous parlez, mon colonel? m'enquiers-je.

— Vous me faites un drôle de teigneux dans votre genre, déclare la voix des cimes. Allez, crâne de pioche, remontez qu'on fasse un peu mieux connaissance!

Là-dessus, le buste de la gougnasse disparaît. J'hésite

un brin, très peu, mais étant d'un tempérament curieux, je me dis que je ne risque rien (et surtout pas d'être violé) à remonter.

Rebecca est seulâbre sur le palier. Elle me sourit triste, un peu gênée ; on le serait à moins !

— J'avais oublié de vous prévenir que Nini a un caractère de cochon. Mais elle a aussi un cœur d'or et il faut pas trop prendre garde à ses rebuffades.

— C'est votre mari, mon petit loup ? je questionne hardiment.

La môme rougit comme un portail de fer qui vient de recevoir sa première couche de minium (1).

— Je ne comprends pas vos insinuations ! proteste-t-elle.

— Bien sûr que si, dis-je, puisque, précisément vous les prenez pour des insinuations. Fallait le dire tout de suite que vous pratiquiez la retenue à la source, ma chérie, je ne vous aurais pas importunée de mes ardeurs de cerf-violent. Je comprends les choses, moi, vous savez ! Je sais que toutes les gousses sont dans la nature !

Elle hausse les épaules et me fait entrer.

L'appartement est comme je raffole. Avec des pierres apparentes, des poutres énormes et des décrochements un peu partout. On gravit cinq ou six marches et on déboule dans une vaste pièce où pêle-mêlent des meubles Haute Epoque, des sculptures de César et des toiles de Vassarély (2). D'immenses canapés de huit

_____

(1) Vraiment, je me fais pas mes compliments ; mais c'est indépendant de ma volonté. Chaque fois que j'essaie de me retenir, je fais de l'occlusion intestinale.

(2) Comme me le faisait remarquer naguère une jeune femme qui m'est chère, un Vassarély, c'est pas que c'est difficile à confectionner, mais faut du temps.

mètres carrés de superficie constituent des îlots de
langueur où des dames se prélassent, tendrement enla-
cées.

Elles sont une demi-douzaine, pour ne pas dire au
moins six, jeunes, belles, bien faites, qui boivent des
drinks en se tenant par la taille ou par le cou.

Votre San-A., mes bonnes grands-mères, de débouler
au milieu de ce singulier cheptel, ça lui fait un peu
comme à un pêcheur à la ligne qui voudrait rattraper
du goujon dans la rivière de diamants de Mme Boussac.
Il se sent démoralisé, sans espoir, à cligner des
châsses.

La virago au cigare est en train de verser du scotch
dans un grand verre en cristal taillé (entre parenthèses,
j'aimerais bien me tailler également).

Elle me le présente en rigolant.

— Allez, sans rancune, fait-elle. Ben, tu nous présen-
tes ta conquête, Rebecca ?

— Monsieur San-Antonio ! annonce à la ronde ma
petite camarade.

La mémère au gros dargif mal équarri me serre la
louche. Elle a une poignée de main de catcheur,
c't' ogresse ! C'est pas pour en remettre, mais elle est
guère laubée. A se demander ce que la gentille petite
môme trouve de raffolant dans cette anomalie ambu-
lante. J'ose pas imaginer leurs z'étreintes, mes sœurs !
Mon cervelet poisse, rien que d'évoquer la chose.
L'horrible mégère hermaphro qui te gloutonne ce joli
petit sujet, ah, calamitas ! C'est quand même phénoménal, la reluisance, non ? L'absurdité monstrueuse des
accouplements.

Notez que ça entretient l'optimisme. Tu peux devenir

vieux con adipeux sans trop mouronner en sachant que tes chances d'annapurner une jouvencelle restent intactes. T'abordes le délabrement la tête haute et la zézette glorieuse.

J'accepte le verre. Je salue à la ronde. Les regards qui se posent sur moi sont aussi bienveillants que ceux qu'un marchand de porcelaine accorde à un monôme d'étudiants déboulant dans sa boutique. Quelques sourires torves accueillent mes paroles de courtoisie. J'entends des chuchotements. Une rouquine qui ressemble au Prince Charles, mais avec un peu plus de moustache, pouffe en me défrimant d'un œil cynique.

— Vous voulez voir la terrasse ? me propose Rebecca, sentant que nous baignons dans de l'extrait de malaise.

— Je n'aspire qu'à cela ! affirmé-je.

Disparue la godanche proverbiale du bonhomme ! Je me sens plus chaste que la photographie de sainte Blandine. Comme si j'avais une pelle à gâteau à la place du scoubidou verseur ! La peinardise absolue ! Un désert dans l'Eminence !

Nouvel escalier, plus étroit que les précédents. On atteint une chambrette capitonnée, toute blanche (avec des poufs au lieu de pafs). La bonbonnière luxueuse, propice aux batifolages délicats. Des gravures lascives sur les murs. Ça représente des nymphes entremêlées.

Dans le fond de cette deuxième pièce, un petit escadrin colimaçonne jusqu'au toit. On aperçoit le ciel de nuit à travers un dôme de plexiglas. Rebecca grimpe la première pour ouvrir. Suivre une dame sur une échelle ou un escalier de ce genre, ça devrait être du gâteau, non ? Seulement y a ces saloperies de collants

que je ne sais quel horrible sadique maso, quel profana-
teur d'humanité, quel pédoque exacerbé nous a inventés
un jour dans un moment de délire. Et la bêtise insensée
de ces idiotes qui sautent là-dedans à pieds joints !
Pressées de se maquiller un sexe en celluloïd comme les
poupées d'autrefois ! A une époque où, justement, on
leur sculpte la moulasse ou le bitougnet aux poupons de
plastique pour faire plus vrai, plus vivant ! Au début je
me suis fait un bout de raison. « C'est une mode, donc
ce sera bref ! je me réconfortais. On les reverra bien
vite, les jolis bas, les mignons porte-jarretelles, les
culottes affolantes ! ». Chez Plumeau, oui ! Elles se
complaisent dans leur cangue, les sottes ! Se déguisent
en statues. Y'a plus que les vieillardes qui obstinent,
vaille que vaille, à porter bas et slip, les chéries, qu'à
force on va finir par loucher sur leurs chefs-d'œuvre en
péril, s'exciter la rétine sur leurs soldes défraîchis, les
regarder sortir de bagnole, même, nom de Dieu ! On
prendra goût aux flasques Carabosses, je vous annonce,
mes gourdes ! et ce sera tant pis pour vous !

Vous moisirez dans vos panties. Et à force de jouer
les Jeanne d'Arc en armure vous finirez par rester
pucelles !

Je vous disais que l'escalade tire-bouchonneuse sur les
talons de Rebecca ça me rémoustille le compteur bleu.
Elle a des jambes sublimes depuis leur source jusqu'à
leur delta. Et toujours ce valseur dont le balancement
m'a fasciné dès notre première rencontre. Chez les
frangines, y'a toujours un truc qui d'emblée t'accapare
l'attention. Chez les unes c'est un strabisme, chez
d'autres la bouche ou bien leur érudition, leur manière
de cuisiner ou d'appartenir au jury du prix Fémina. Ben,
chez Rebecca, sans conteste, c'est son mignon dargiflet

qui m'a branché. J'enrage à l'idée que c'est la grosse Nini qui en a l'usufruit. Filer ce bijou rare à ce mannequin de chez Olida, c'est une vraie agression contre la nature et les bons sens.

On déboule sur la terrasse. J'exclame d'admiration car le spectacle est presque aussi féerique que le baigneur à Rebecca. Notre-Dame illuminée, le Panthéon, la chapelle Sixteen, et puis les toits de Paname à l'infini. Ses cheminées en cortège pétrifié. Un vrai bonheur pour la rétine de l'artiste que je suis.

— N'est-ce pas que c'est beau ! renchérit la jeune fille (car mon silence est éloquent).

— On ne s'en lasse pas, admets-je...

Elles ont bien arrangé leur terrasse, ces dames de la broutaille ! Y a des rosiers grimpants, des géraniums en bac, et aussi des meubles de jardin qui vous donnent l'impression d'être en vacances. Les roses font tout ce qu'elles peuvent pour puer bon, mais l'odeur de Pantruche domine. Elle est tenace, la garce. Des vapeurs d'essence, des remugles de poubelles et de pissats de greffiers...

— Bon, je soupire après avoir reluqué le paysage et apprécié le clair de lune, en somme vous avez besoin de moi à quel sujet ?

Ma question, aussi abrupte que les falaises de Fécamp, fait blêmir mon aimable hôtesse. Malgré l'obscurité, je sens qu'elle blêmit car la blêmissure produit un léger bruit qui n'est pas sans rappeler celui d'une - enveloppe - décachetée - par - une - concierge - à - l'aide - d'un - rayon - habilement - glissé - dans - l'un - des - coins - supérieurs - roulé - en-direction-du-centre.

Elle reste immobile. Ses épaules se sont légèrement voûtées. Son mutisme ressemble à du Rouault : il est cerné d'un gros trait noir. Comme elle ne se décide pas, je passe en seconde :

— Car il est évident, chère Rebecca, que vous aviez ce qu'on appelle une idée de derrière la tête, en acceptant mon invitation d'abord, puis en m'amenant ici ensuite. Vous appartenez hélas, hélas, hélas, à cette catégorie de personnes qui préfèrent la compagnie et le contact des femmes à ceux des hommes et je suppose que le seul intérêt que vous pouvez trouver dans ma fréquentation est relatif à ma vie professionnelle. Ce dîner, ç'a été pour vous du temps perdu. J'ai eu l'impression, pendant que nous étions à table, que vous vouliez me dire quelque chose. Et puis ça n'est pas venu. Votre proposition de monter boire un verre, c'était une espèce « d'opération dernière chance ». On ne doit pas inviter chouchouille de julots dans ce harem. La preuve, ma présence sur votre paillasson a sidéré votre ogresse de charme. Mon petit doigt m'assure que si Nini m'a rappelé c'est grâce à votre intervention. Vous lui avez dit qui j'étais et ça l'a rebranchée sur la courtoisie. Tenez, ma poule : je suis rigoureusement certain que lorsque nous allons redescendre, vos greluses persifleuses seront tout miel et me feront patte de velours malgré leur répulsion. On parie ?

Elle ne moufte toujours pas.

— C'est si grave ? ajouté-je.

Elle a un début de soupir, rien de plus. M'est avis qu'elle n'est pas encore à point. Faut que je pousse les feux davantage.

— Voyons, gazouille San-Antonio en lui mettant fraternellement (puisqu'il n'y a pas moyen de faire mieux) la main sur l'épaule (puisqu'il n'y a pas moyen de la lui mettre ailleurs), voyons, petite tête, il faut vous décider ; ne m'avez-vous pas convié à grimper sur cette terrasse POUR ÇA ? Tenez, autre chose encore... Ce matin, quand je vous ai rencontrée en train de tournicoter dans les couloirs de la Grande Taule, en réalité vous n'étiez pas perdue, non : *vous hésitiez*. Quelqu'un vous avait parlé de l'inspecteur-chef Martini et vous alliez le voir, non pas pour lui remettre un pli, *mais pour lui raconter ce que vous n'osez pas me dire.* Seulement vous ne lui avez pas cassé le morcif, à lui non plus. Je le connais, Martini : il a une gueule qui déclenche des crises d'urticaire chez les repris de justice les plus coriaces. On préférerait se confier à un mercenaire spécialisé dans le dépeçage des femmes enceintes plutôt qu'à ce gros vilain. Vous lui avez bredouillé une bourde quelconque (ça je le saurai demain) et vous êtes repartie. Le hasard m'a replacé sur votre route. J'ai joué les galantins, alors l'idée vous est venue de... de « m'essayer » comme confident. Mais ce que c'est dur à passer, votre truc, ma colombe ! Je suis cependant d'un abord facile, non ? Le genre de poulet de charme emballeur. Je connais un paquet de nanas qui commettraient des délits sauvages uniquement pour avoir le bonheur de me les susurrer dans le tuyau de l'oreille.

Rebecca se décide enfin à quitter son état semi-léthargique pour m'affronter. Son mignon visage triangulaire capte un rayon de lune que M'sieur Bon Dieu réservait initialement à l'éclairage des monuments de Paris.

— Vous êtes un policier très perspicace ! admet-elle.

— Et encore, tout ça n'est que broutille, ma chérie. Dans mes grands jours, vous me confiez le slip de votre cousine et je suis capable de vous dire sa date de naissance et son numéro de téléphone.

— Eh bien, puisque vous possédez de tels dons, monsieur le commissaire, cherchez ! fait-elle avec une brusque irritation. Vous occupez une position-clé. Quand vous aurez trouvé vous n'aurez qu'à m'appeler, je vais rejoindre mes amies.

Là-dessus elle reprend l'escadrin.

Je la laisse gerber. Question de standing. Ne jamais avoir l'air de s'accrocher, si peu que ce soit. D'ailleurs, il ne m'est pas désagréable d'étudier la situation à tête reposée.

Je me laisse tomber dans un fauteuil réalisé à partir de lames d'acier très flexibles.

Drôle d'aventure, non ? Le plus poilant, je peux bien vous le dire puisqu'on ne se cache rien, pas même l'heure qu'il est à nos montres respectives, c'est que cinq minutes avant de débouler sur la terrasse je ne pensais pas une broque de tout ce que je lui ai sorti. Faut croire que c'est stimulant, Paris-la-nuit. Pendant que je promenais mon petit traveling circulaire au-dessus de la capitale, le déclic s'est fait dans ma tête altière. Parfois, un mari cocu depuis toujours a de ces réactions imprévisibles. Il saisit la bergère par le menton et lui dit, à brûle-pourpoint : « Tu me trompes. » Bien sûr, la dame répond que non et le mec la croit. N'empêche qu'il a eu son petit éclair. Rebecca serait montée au suif en m'écoutant, elle aurait réfuté mes dires, parole, j'insistais pas. Mais voilà, elle n'a rien objecté...

Il est de quel ordre, son vilain turbin, à cette friponne ? Elles ont débauché une petite fille de la maternelle, Nini et elle ? Ou bien écrasé un colleur d'affiches contre une colonne Morris ?

Elle est romantique, cette terrasse. Un bout d'évasion suspendu dans le ciel de Paris. Y a que l'odeur qui vous fait un peu dégoder le lyrisme. Plus on s'attarde, plus elle devient pernicieuse. Les roses ont beau se déballer la quintescence, ça fouette moche, faut convenir.

Pire que la poubelle et la pisse de chats conjuguées. Pire que le pétrole brûlé. Des bouffées ardentes vous agressent, par instants.

Pourquoi, avant de me mouler, Rebecca m'a-t-elle dit que j'occupais une position-clé pour trouver la raison de ses tourments? Paroles sibyllines, non? J'abandonne mon fauteuil pour vadrouiller sur la terrasse. On s'aperçoit vite que c'est en réalité une cage coincée dans la cascade de toits. On est pas « sur » la terrasse, mais « dedans » car elle est cernée d'un haut grillage. Décidément, cette ignoble odeur devient insoutenable.

« Un oiseau mort, songé-je. Sûr et certain qu'un pigeon s'est fait descendre en flammes par un matou de gouttière et qu'il achève de se décomposer derrière une cheminée. »

Mais je me dis ça, comme ça...

Je continue de fureter, de humer, de grimacer. Je tourne comme un ours en cage. Je suis un nounours, mes belles. Jetez-moi une carotte, je vous la rendrai! Au carré! Me faut pas dix minutes pour découvrir le pot aux roses (grimpantes).

Alors je fonce soulever le dôme de plexiglas.

— Rebeccaaaaa! hélé-je gentiment.

Elle se tenait à portée de voix car elle apparaît presque immédiatement au pied du colimaceur.

— Oui?

Elle a l'air anxieux et déjà malheureux d'une petite pensionnaire dont la dirlotte va sanctionner une bêtise.

— Venez donc un peu jusqu'à moi, miss Mystère, il

me semble bien avoir trouvé la source de vos préoccupa-
tions.

La v'là qui se radine, craintive, le front bas, les yeux
en plein strip-tease (1).

Elle pige que je ne bluffe pas en apercevant une
chaise de jardin appuyée contre la palissade de bois
peinte en vert qui délimite le fond de la terrasse, côté
cour intérieure de l'immeuble.

— Ah! bon, soupire-t-elle... Comment l'avez-vous
trouvé?

— Pas très frais, réponds-je.

(1) San-Antonio entend par là que les yeux de Rebecca se
dérobent. *Note de l'Editeur* (2)

(2) Auquel rien n'échappe! Pas même sa part de bénefs. *San-A.* (3)

(3) C'est pour faire comme les autres — tous les z'auteurs balancent
des vannes sur leur éditeur.

CHAPITRE II

PAF!

Quand je déclare qu'il n'est pas très frais, c'est parce que je suis bien éduqué. En réalité il est rance, que dis-je : faisandé!

Et moi, sombre truffe, qui vous racontais dans l'abominable et minable chapitre premier que c'était l'odeur de Paris!

Tu parles, Octave (1).

L'odeur d'un charnier, oui!

Y a des moments, je me demande si je devrais pas vous faire des dessins dans mes livres (2). Ça irait plus vite. Cette économie de temps et de mots, mes fils! Trois croquetons et c'est râpé, t'as campé ta scène. Tu leur dis : « Tiens, regarde! » au lieu de te faire suer le vocabulaire et la sainte axe à leur expliquer des trucs qu'ils pigent pas ou mal. Où ça me gagnerait du temps, c'est dans les scènes frivoles. A la place de leur dire : « Je lui fais le *Diable boiteux*, le *Bilboquet de la reine*

_____

(1) Je préfère les vers libres.
(2) J'en sais qui sont choqués parce que j'appelle « ça » des livres : je fais exprès pour les emmerder.

Henriette, et le *Lézard rose des îles Aléoutiennes* », zou :
un dessin ! Au premier regard ils comprendraient !

Enfin !

Comme quoi vaut mieux être Sempé que San-Antonio et Rembrandt que Victor Hugo.

En ce moment, pour vous expliquer le topo, je vous
échangerais volontiers la collection complète d'un schoïnopentaxophiliste (1) contre le coup de crayon d'Alde-
bert fils. Quand je pense qu'il me va falloir encore vous
décrire ceci, cela, le topo, le reste, les bras m'en ballent.
Ah ! je fais un métier difficile. Je comprends que la
bande dessinée carbonise la littérature. On va de plus en
plus vers une visualisation de la pensée. On se retrouve
au point de départ : les fresques caverneuses, camara-
des ! Un jour je tracerai mon œuvre contre les tours de
Saint-Sulpice. Déjà que je la griffonne, bientôt, je la
graffitirai. Promis, juré !

Enfin, attelons-nous à la tâche d'un cœur léger et d'un
geste péremptoire.

Causons d'abord de la terrasse. Elle est limitée à l'est
par le mur de la maison contiguë, laquelle est plus haute
que notre immeuble : au sud par le vide du quai, à
l'ouest par le toit de la maison suivante et au nord par le
vide d'une cour intérieure. Ce sera, si vous le voulez
bien, mes chers petits, cette face que nous étudierons en
détail. La terrasse est placée sur un méplat de la toiture.
Ensuite celle-ci continue sa pente vers la cour, une
pente très rapide, et qui décrit une ligne brisée.

---

(1) Le schoïnopentaxophiliste collectionne de la corde de pendu.
Note de l'éditeur (1 bis)

(1 bis) Note de l'éditeur mon c...! Vous croyez qu'il connaissait un
mot pareil ?

L'ex-individu un tantisoit peu décomposé gît à l'angle du toit. Il occupe une position étonnante. Ma parole, vous verriez ça dans un film, vous diriez que le metteur en scène se martèle la colonne. L'homme a dévalé la première tranche du toit, mais un quéquechose impossible encore à déterminer a stoppé sa chute alors qu'il allait basculer sur la seconde pente (la plus rapide). Son buste est en équilibre au-dessus du vide. Ses bras sont tendus, en fourche, de part et d'autre de sa tête renversée. Le spectacle, surtout au clair de lune, est absolument terrible. Ajoutez-y l'odeur et vous trouverez que le cinoche d'épouvante ressemble en comparaison à l'art floral.

— Y a longtemps qu'il est là? questionné-je à mi-voix.

Rebecca hausse les épaules.

— Je ne peux pas vous dire, je l'ai découvert avant-hier soir.

— Et vous n'avez pas prévenu la police?

— Pas encore.

— Je peux vous demander la raison de votre silence, ma douce enfant?

Elle prend une mine légèrement boudeuse, vous savez, comme ces petites filles perverses qu'on hésite à gifler ou à violer.

— J'avais peur.

— Pour qui?

— Pour Nini.

— Parce que c'est elle qui?...

Elle sursaute.

— Grand Dieu, non! Elle ignore même qu'il est ici! Alors là, je ne sais pas si vous êtes de mon avis, et d'ailleurs je m'en contrebranle, mais j'estime que cette souris dépasse la mesure.

— Vous voulez me faire croire que votre grosse bâfreuse d'entre-deux ne s'est rendu compte de rien ?

— Elle me l'aurait dit.

— Tandis que vous, vous lui taisez l'aimable découverte.

— Ça n'est pas pareil.

Ce qui tendrait à faire croire que Nini est franche, et que Rebecca ne l'est pas de l'aveu même de cette dernière. Je la contemple pensivement. Drôle de pastaga, mes chérubines. Il y a dans toute cette horreur une espèce de puérilité désarmante.

— Si vous me racontiez tout, dans l'ordre et le détail, vous ne croyez pas que ce serait une bonne chose, Rebecca ?

— Je veux bien ! déclare-t-elle avec une spontanéité qui balaie tous ses précédents atermoiements.

Les bonnes femmes, elles sont commak : l'innocence à portée de main. Elle leur vient aussi vite que la peau rougit lorsqu'on se gratte. Chez elles, la vertu est endémique.

— Alors, je vous écoute.

La gosse se recueille, ce qui est de bon ton lorsqu'on se trouve en compagnie d'un cadavre aussi incontestable.

— Avant-hier soir, je suis montée sur cette terrasse, comme je le fais presque tous les soirs avant d'aller au lit.

— Et alors ?

— Quelque chose brillait dans la pénombre. Là... Elle désigne la palissade de bois vert.

— Je me suis approchée et j'ai constaté qu'il s'agissait

d'un lambeau de poignet de chemise auquel était encore fixé un bouton de manchette en nacre. Vous ne pouvez pas savoir combien ce... cette chose était terrible. Mon premier mouvement a été pour appeler Nini.

— Et votre second?

— Auparavant, j'ai préféré décrocher ce bout de manche. Pour cela, j'ai dû grimper sur une chaise et c'est alors que je « l'ai » aperçu.

— Vous le connaissez?

— De vue...

— C'est-à-dire?

— Je l'ai rencontré plusieurs fois dans le quartier.

— Que faisait-il?

— Il peignait d'horribles croûtes, près du pont de la Tournelle généralement. Vous savez? le chromo classique : Notre-Dame, les quais...

— Quel genre de type était-ce?

Elle réfléchit et hoche la tête :

— Eh bien, à vrai dire...

— Oui?

— Pas de genre bien défini. Il ne ressemblait pas à un rapin mais à un étudiant prolongé, du genre de ceux qu'on rencontre aux abords des Facultés et qu'on prendrait plutôt pour des professeurs.

— Vous lui avez parlé?

— Jamais.

— Très bien, continuez...

Nos relations ont soudain pris un tour nouveau. Il est redevenu flic, le beau San-A. Adieu les madrigaux, les baisers rentrés, les tricotins perdus, les sarcasmes. Incisif, abrupt, tel me voici brusquement. L'œil pesant, le ton sec. Je maîtrise mal ma nervouze. Pour vous résumer mon sentiment : j'aime pas. La môme qui découvre un cadavre sur son toit et qui attend plus de vingt-quatre heures pour informer la volaille (et en prenant quel biais, grand Dieu !) voilà qui me déplaît.

— Vous jugez de ma terreur ! J'étais pétrifiée, glacée...

— Et tout, et tout ! complété-je cyniquement. Là-dessus vous avez jeté la manchette par-dessus la barrière et vous êtes allée vous coucher comme une grande fille bien sage sans souffler mot à quiconque. J'espère que vous avez bien dormi ?

Ses yeux s'emplissent de larmes.

— Ne soyez pas méchant, supplie-t-elle.

— Je ne suis pas méchant, mais dérouté, ma jolie. Votre conduite est du genre phénoménal. Faut une certaine santé pour taire une découverte de ce genre.

— Essayez de comprendre.

— Comprendre quoi ?

— Mon état d'esprit. Ce mort... Tout de suite j'ai imaginé le scénario suivant, le seul qui me parût plausible : cet homme s'était introduit chez nous pour cambrioler pendant notre absence. Le brusque retour de Nini l'avait affolé. Il s'était caché sur la terrasse. Ensuite il avait tenté de fuir par les toits... Et puis, au moment où il escaladait la barrière, le poignet de sa chemise s'était accroché à une pointe de la palissade. Voulant se dégager il avait perdu l'équilibre. Seulement, à la réflexion, ça ne tenait pas. Pour fuir, il aurait choisi ce côté-ci où les autres toits sont faciles d'accès, et non pas le côté du vide ! En outre, s'il était tombé sur les tuiles en franchissant la barrière, il ne se serait pas tué et aurait appelé au secours. Je suppose qu'il était déjà mort lorsqu'il a quitté notre terrasse, car il a une grande tache de sang sur la poitrine et une plaie au cou. Bref, on l'a assassiné ici... Ensuite on a voulu le balancer dans la cour. Seulement il n'est pas tombé...

Je l'écoute avec intérêt. L'examinateur captivé par le brillant sujet !

— Bravo, vous êtes douée pour la déduction.

— N'importe quelle personne à peu près sensée serait parvenue à la même conclusion.

— En somme, vous pensez qu'on l'a tué ici et qu'on a voulu balancer sa carcasse par-dessus bord ?

— Voilà.

— Qui, Nini ?

Elle me toise hardiment.

— Vous êtes fou !

— Pourquoi ? Vous y avez bien pensé, vous !

— Moi ! suffoque-t-elle.

— Sinon quelle autre explication donner à votre période de silence ?

Vaincue, elle fait quelques pas en rond autour de moi.

— En vérité, dit-elle, je n'ai pas cru Nini coupable un instant, mais j'ai pensé qu'on allait tout de suite la suspecter, vu qu'elle ne quitte pratiquement pas la maison.

— Vous avez des domestiques ?

— Une femme de ménage, le matin ; une vieille pipelette du voisinage.

— Pourquoi n'avez-vous rien dit à Nini si vous étiez convaincue de son innocence ?

— Oui, pourquoi ? murmure-t-elle, ce qui est, en soi, et vu les circonstances, le comble de l'habileté ; on dirait qu'elle ne s'est pas encore posé la question.

— Pourquoi ? reprend-elle. Attendez, que je ne vous dise pas de bêtises...

Faut le faire, non ?

— Ce qui m'a retenue, je suppose, c'est la peur du

scandale. Nini est un être entier, spontané, vous avez pu le constater. Elle aurait immédiatement prévenu la police... »

— Mon Dieu, n'était-ce pas la sagesse même ?

— Peut-être, pourtant j'ai senti confusément que cette chose était très délicate et qu'il valait mieux pour tout le monde, y compris pour les enquêteurs, s'en occuper avec précaution. Je ne sais pas si je me fais bien comprendre ?

Je plonge à pieds joints dans son regard, et, croyez-moi ou allez vous faire sodomiser chez les lamas (pas ceux du Tibet, ceux des Andes) mais le plus fort c'est que je trouve qu'elle a raison. Affaire biscornue, subtile, peu banale. Affaire à prendre avec des pincettes. A manœuvrer comme de la dynamite. Après tout, elle a bien fait d'agir ainsi, cette petite mère. Les gens ont toujours tendance à rameuter la garde dans ces cas-là. On enquête alors en fendant la foule des journalistes et des curieux, sous la loupe monstrueuse de l'opinion publique. Je ne déteste pas le calme. Prendre son temps est aussi important que prendre son panard. D'ailleurs ça se rejoint dans la volupté.

— Parce que vous l'imaginez de quelle manière, le déroulement des opérations, Rebecca ? demandé-je. On repêche votre barbouilleur au lasso et on le descend discrètement dans la poubelle sans réveiller les voisins ?

Ma boutade l'irrite.

— Je ne sais pas, mais il me semblait...

— Quoi donc ?

— Que les choses pouvaient... s'organiser dans le calme.

— Qui vous a donné une recommandation pour l'inspecteur-chef Martini ?

— Mon patron.

— Vous lui avez confié vos angoisses, à votre singe ?

— Bien sûr que non. J'ai inventé une histoire de neveu délinquant (qui existe d'ailleurs) au sujet duquel je voulais tenter une démarche...

— Et en fin de compte c'est de lui que vous avez parlé à cette gueule de raie de Martini ?

— Oui.

— Lequel vous a déclaré que le garnement méritait la guillotine ?

— A peu près...

Sur la gauche, la Tour d'Argent brille de tous ses feux et cristaux, j'aperçois même un maître d'hôtel en train de cuisiner pompeusement son canard au sang numéro 188965374301 derrière son rade druidique, ainsi que la silhouette nonchalante de Claude Térail en tournée de poignées de main parmi ses clients.

L'odeur de la mort, envahissante, effroyable, déshonore nos narines. Je contemple le pont de la Tournelle, là en bas... Le mort s'y installait pour barbouiller des toiles. Un gars bien mis, pas le genre rapin, plutôt le style prof de Faculté. Ce garçon, à la suite d'un coup fourré, est en train de pourrir sur un toit de l'île Saint-Louis. Comment est-il venu jusqu'à la terrasse de mes deux gougnes ? Qui l'a tué ? Qui a eu la force de le soulever pour le virguler par-dessus la palissade verte ?

— Dites, mon cœur, les gonzesses, là en bas, c'est quoi ? demandé-je d'un ton rêvasseur.

— Des amies à nous...

— Copines de boulot ou de partouzettes ?

Rebecca renonce à s'indigner. Vaincue par la fatalité, elle se soumet.

— De vacances. Nous faisons partie d'un club qui

met au point des voyages en groupe, comprenez-vous?... Une année, on loue une villa en Espagne, une autre année, c'est dans une île grecque...

— Lesbos? lâché-je spontanément.

Doit être assez particulier, leur club, à ces dadames. Quelle dégustation de craqueluches, mes bichettes! Tiens, goûte si elle est à point! J'imagine les merveilleuses soirées au clair de l'une avec la mer qui roule (et qui amasse mousse).

— Vous vous réunissez souvent?

— Pas tellement. Ce soir il y a séminaire pour décider des prochaines vacancces.

— En ce cas, décidez vite et renvoyez les séminaristes dans leurs foyers, j'ai besoin d'avoir place nette car je déteste qu'on copie par-dessus mon épaule pendant que j'enquête! Cela dit, puis-je téléphoner à tête reposée?

— Il y a un poste dans notre chambre, juste au-dessous.

*
* *

Vautré sur le lit de mes deux donzelles, j'écoute carillonner la sonnerie du Gros.

Un parfum de tubéreuse flotte dans la chambre. Le couvre-lit est en fourrure et renifle encore la chèvre. Son odeur lutte avec celle des fleurs, puis gagne.

Voilà huit fois que le bigophone de Sa Majesté stride dans un néant caoutchouteux. Il semblerait, braves gens, que le couple infâme soit de sortie, mais au moment où je vais raccrocher, un fracas me désagrège le tympan. Ça ressemble à l'écroulement d'une pile de casseroles, ponctué par le déferlement d'une immense vague. Fille d'ouragan, petite-fille de typhon, sœur cadette de tempête, cette vague m'apporte une voix.

Etant homme à prendre mes responsabilités, je décide qu'il s'agit d'un organe féminin.

— Alors, quoi, bordel de Dieu, y a plus moillien de dormir tranquille! tonne cette voix. Ce qui est une traduction béruréenne du mot par trop laconique et conventionnel de « Allô ».

— Berthe? fais-je en surveillant ma modulation de fréquence.

— Et après? rétorque la réveillée.

Nullement rebuté, je m'extirpe des ficelles les inflexions les plus soyeuses afin d'amadouer la houri.

— Je suis navré de vous importuner, ma très chère Berthe. Je sais que je viens d'interrompre un bien délicat spectacle, mais il est indispensable que je parle d'urgence à votre époux. Voulez-vous avoir la bonté de me le passer, je vous le rendrai.

— Vous le passer! ronchonne la Gravosse. Et comment t'est-ce que je pourrais vous le passer, *puisqu'il est avec vous?*

« Ah bien, songé-je, déçu, ce soir Alexandre Benoît trompe donc madame. »

— C'est vrai, conviens-je, il est avec moi et je n'y prenais pas garde, suis-je étourdi. Lorsqu'il m'aura quitté pour regagner le doux nid conjugal, voudrez-vous lui dire de venir me rejoindre quai d'Orléans, je vous prie?

Je lui donne l'adresse et j'ajoute.

— N'oubliez surtout pas : ça urge. Et pardonnez-moi encore d'avoir interrompu un rêve voluptueux dans lequel j'aimerais pouvoir me glisser sur la pointe des pieds. Mes hommages nocturnes, ma belle Berthe. Je baise vos jolis doigts fuselés.

Je raccroche avant qu'elle ait eu le temps de réagir.

D'après mon estimation personnelle, Sa Majesté risque de connaître quelques tracasseries matrimoniales cette nuit. Si toutefois elle se couche avant que le soleil ne se lève !

Désappointé comme un employé en chômage (1) par l'absence de mon camarade, je décide de me rabattre sur Pinaud. N'en concluez pas trop hâtivement que je préfère le Gros à la Vieillasse ou que les qualités professionnelles du premier priment à mes yeux celles du second, il se trouve simplement que Béru me survolte alors que Pinuche aurait plutôt tendance à m'endormir.

Cette fois, on décroche dès le premier appel et une quinte de toux fait « Allô » en catarrheux. Bien que parlant imparfaitement cette langue, je lance un frémissant :

— Alors, vieille noix, on largue ses éponges ! qui stoppe net l'irritation respiratoire de mon correspondant.

— Qui demandez-vous ? s'inquiète alors une voix de femme au bord du mécontentement.

— Monsieur César Pinaud, réponds-je.

— Je suis madame Pinaud !

Mince, sa rombière ! C'est pas qu'elle soit désagréable, la mère Pinauderche, seulement je ne sais jamais quoi lui dire. La vie est bourrée de gens avec lesquels il m'est quasi impossible de communiquer. Lorsque je leur ai parlé du temps et de leur santé, je reste

---

(1) Etant en chômage, il n'est plus appointé.

foncièrement en rade de sujets. J'ai beau me chatouiller la pensarde, inscrivez macache : ça ne vient pas.

Je dis à l'épouse du Déchet ma navrance de l'appeler si tard, et tout et tout, ensuite de quoi je lui réclame son fantôme.

Un silence suit. Et puis la chaisière du fossile déclare d'un ton qui ferait éclater les pneus d'une locomotive :

— Etes-vous sûr d'avoir bien regardé autour de vous, commissaire ?

— Pourquoi ? m'enroué-je, d'une voix tellement pâle que si vous l'aperceviez vous la gifleriez pour lui donner des couleurs.

— Parce que, reprend la dame, si je me fie à ce qu'il m'a dit, il devrait se trouver en votre compagnie ! Mais je crois que j'aurais tort de me fier davantage à ce qu'il m'a dit, n'est-ce pas ?

Mince ! ça n'a pas l'air de s'arranger, on dirait. Qu'est-ce qui leur prend à mes valeureux collaborateurs, de foiriner sous mon label cette nuit ?

— Effectivement, m'empressé-je, nous étions ensemble jusqu'à tout à l'heure pour une enquête délicate... Et qui hélas va m'obliger à le mobiliser de nouveau. Dès qu'il rentrera demandez-lui de venir me rejoindre 812 (1), quai d'Orléans, au dernier étage. Avec mes regrets de vous avoir importunée, chère amie.

Je fais fissa pour raccrocher.

(1) Vous pensez bien qu'il n'y a pas de 812 quai d'Orléans. Mais si je foutais le vrai numéro une chiée de pégreleux me voleraient dans les plumes par huissiers interposés pour me réclamer des dommages et intérêts. Les hommes sont tous tellement merdeux qu'ils se croient toujours concernés par les trucs équivoques. S'ils s'acharnent à défendre leur honneur, c'est qu'ils n'en ont pas en rabe.

Ah ! les misérables ! Tous les deux ! Voulez-vous parier qu'ils sont ensemble ? Beurrés comme la Normandie ?

Je regarde le téléphone, indécis. Mon devoir est de prévenir mes collègues de la P.J. afin que « le système » entre en action, mais comme chaque fois, une force mystérieuse me retient. Moi, vous me connaissez ? Je suis un accapareur dans mon genre. Quand je déniche une belle affure ou une belle gonzesse, dard-dard je saute dessus.

Ma décision prise, je m'arrache à la fourrure tentaculaire de ces dames et je dévale l'escalier.

Le « séminaire » est en cours de dislocation. Les miss lichouilles se prennent congé l'une des autres en simagrant des rouscaillances. Je sais pas quel prétexte Rebecca a choisi pour congédier ses visiteuses, toujours est-il qu'il lui vaut un tollé de protestations. Nini, surtout, monte au renaud.

— Il nous fait chier, ton flic, déclare-t-elle, il pourrait arranger les bidons de ton salopard de neveu pendant les heures d'ouverture... ou ailleurs !

Bon, me v'là renseigné. La petite frangine continue d'user de son prétexte initial. On dirait qu'elle manque un brin d'imagination, non ?

Je déboule dans la volière les mains aux vagues.

— Navré d'avoir sur vous un tel effet laxatif, déclaré-je.

La mère Tatezy se retourne. Son regard reste embrumé de contrariété.

— C'est vraiment nécessaire que nos amies se barrent, oui ? bougonne-t-elle.

— Rien n'est nécessaire, chère amie, réponds-je, mais tout peut être utile. Venez donc un instant avec moi sur la terrasse pendant que ces demoiselles passent leur manteau.

La gravosse se renfrogne de plus moche (1).

— Et qu'est-ce qu'on va y foutre sur la terrasse? Compter les étoiles?

— Oui, et respirer le grand air des cimes.

J'ai beau lui sonder l'expression, je ne lis sur sa trogne morose qu'une fureur contenue et une solide aversion pour ma personne. Un bref instant, nos yeux restent soudés. Puis elle cède et emprunte l'escalier.

— Asseyez-vous! invité-je en lui désignant un fauteuil.

— En somme, je fais comme chez vous? ricane-t-elle.

Je ne relève pas l'allusion.

— Nini, c'est pour les intimes, dis-je, mais supposons que vous passiez en cour d'assises, le président vous appellerait comment?

Un peu sec comme démarrage, ne vous semble-t-il point? J'aime assez surprendre les partenaires de son acabit car j'ai horreur des vaches qui se prennent pour des matamores.

— Je pige mal vos astuces, répond-elle après un court silence. Mais c'en est peut-être pas une, si?

J'allume un cigarillo.

— Je voudrais connaître votre identité, ma bonne Nini.

— Pour quoi faire?

— Un rapport. Je peux pas me permettre de laisser des blancs comme dans le feuilleton-concours de votre canard.

_____

(1) Car je la verrais mal se renfrogner de plus belle.

Elle rechigne :

— Un rapport ! Mais tonnerre de Dieu, qu'est-ce que j'ai à voir avec le neveu de Rebecca, moi ?

— Rien, je pense, admets-je, et moi non plus. Otez-moi d'un doute : grimper sur une chaise ne vous donne pas le vertige ?

Elle doit commencer à me trouver cinglé, car elle s'abstient de toute réaction.

— Faites-moi le plaisir de monter sur le siège appuyé à la palissade, ensuite de quoi, vous verrez qu'on aura des choses à se dire. Ce qui manque aux gens, la plupart du temps, c'est un sujet de conversation.

Elle ne bronche pas. Je l'encourage d'un sourire.

— Mais si, allez, Nini ! il ne s'agit pas d'une blague.

Elle se lève, va à la chaise. Nouveau regard indécis à San-A. Nouveau sourire engageant de ce dernier. Elle grimpe.

— Et maintenant ? demande-t-elle.

— Maintenant, regardez !

— Quoi ?

— Regardez !

Je ne perds pas le moindre de ses faits et gestes. Je la scrute comme un savant mate des bactéries en train de se filer une avoinée entre les lamelles de verre d'un microscope. Comprenez-moi bien, mes truffes, *il y a deux manières d'apercevoir le cadavre. On peut le découvrir comme quelqu'un qui sait qu'il est là, ou bien comme quelqu'un qui ne le sait pas.* Pas moyen de truquer. Au contraire : jouer la comédie est plus révélateur.

Nini regarde.

Nini aperçoit.

Nini tressaille !

Nini se retourne.

A présent, je sais. Il me fallait ces quelques secondes de confrontation. Cette poussière de vérité. Œil de lynx, San-A. ! Excusez la vantardise du bonhomme. Le courant passe ou pas. Avec bibi, il passe.

Mon siège est fait !

Que dis-je : mon trône !

Nini ignorait la présence du mort sur son toit. J'en donnerais toutes mes mains à couper.

— Alors ? demandé-je.

Vous la verriez, la virago, juchée sur son perchoir, avec son gros dargeot, son pneu de Strader au-dessus du futal, comme une bouée ; sa bouille d'adjudant-chef, ses socquettes blanches, ses souliers plats, son gros cul carré, la chemise dégrafée, son ceinturon de gendarme, ses meules géométriques, son ignoble fessier, ses miches en caisse d'horloge, son bassin aquitain, son prose cubique. Vous la verriez, reprends-je, vous éclateriez de rire. Vous vous disperseriez menu en postillons. D'une cocasserie féroce, énorme, lugubre ! Abasourdie de surprise. Elle s'en démantèle la gamberge.

Je lui tends une main galante pour l'aider à descendre de son piédestal. Elle trouve un relent de réflexe féminin, l'empare, saute sur la terrasse et s'assoit.

— La petite salope ! gronde-t-elle tout à coup. Elle le savait ?

— Vous parlez de Rebecca ?

— Pourquoi est-elle allée affranchir un poulet au lieu de me prévenir ?

— Je crois qu'elle redoutait vos réactions.

— Comment ça, redouter mes réactions ? Elle ne s'imagine tout de même pas que je suis concernée par... par ça !

— Que vous soyez concernée ou non, « ça » se trouve sur votre toit, ma chère. Et « ça » avait son poignet de chemise accroché à votre barrière, preuve certaine que « ça » a été balancé depuis cette terrasse. Votre identité, please ?

— Virginie Landeuil.

— Vous connaissez le voltigeur ? ajouté-je en désignant le toit.

— Non.

— Vous en êtes certaine ?

— Absolument *certain !*

Et elle ajoute, assez sottement me paraît-il :

— Pourquoi le connaîtrais-je ?

— Vous avez une explication à proposer concernant sa présence, ici ?

— Non, je vois pas... C'est peut-être un type qui fuyait par les toits.

— Il se serait transpercé la gorge et la poitrine sur votre terrasse avant d'escalader cette barrière pour sauter dans le vide ?

— Il était avec quelqu'un... Des malfaiteurs en fuite, non ?

Elle récupère d'un bloc et explose :

— Enfin, merde, c'est votre boulot ! En tout cas, j'exige qu'on enlève ce type d'ici ! Prévenez les pompiers, ou qui vous voudrez, mais déblayez mon toit ! Je parie qu'il est là depuis plusieurs jours ! Ça pue tout ce que ça peut ! Par moments, y'avait de ces bouffées, dans la journée ! Je me demandais d'où elles provenaient, si j'avais pu me douter ! Et cette petite conne de Rebecca qui... Je vais lui dire deux mots, à celle-là. Je vous jure qu'elle me la copiera !

Elle s'élance déjà. Je la retiens d'une main d'acier non gantée de velours.

— Hé, pas si vite ! Voilà que vous me quittez au moment où on pourrait échanger des aperçus imprenables.

Nini essaie de se dégager avec brutalité.

— Que voulez-vous que je vous dise ! J'ignore tout de ce micmac insensé !

— Mais non, Nini. On croit ignorer des gens ou des choses, en réalité on les connaît sous des pseudonymes... Si vous appelez un chat un chien, faut attendre qu'il miaule pour revenir de votre erreur.

Et à brûle-pourpoint, j'enchaîne :

— Rebecca le connaît, elle !

— Sans blague !

— Elle l'a aperçu, dit-elle, à maintes reprises dans l'île. Il peignait sur le pont de la Tournelle ou sur les quais, ça ne vous rappelle rien ?

Elle hausse les épaules.

— Je sors très peu et je suis tellement distraite qu'il m'est arrivé de croiser ma propre sœur sans la reconnaître, alors les barbouilleurs en plein air, vous pensez...

— Il vous arrive tout de même de mettre le nez dehors ?

— Pour les courses, sur le coup de midi. Quelquefois nous allons au spectacle.

— A quoi occupez-vous vos journées ?

Elle écarquille ses beaux yeux pollués.

— Ben, je compose...

— Et vous composez quoi ?

— Mais, des chansons, mon vieux. La petite ne vous l'a pas dit ? Georges Campary, c'est moi ! J'ai plus de tubes à mon palmarès qu'une entreprise de plomberie.

Le dernier casse la baraque, vous savez? « *T'es sain, Tessin, tes seins sont saints* », c'est de moi! Il dégueule de tous les juke-boxes.

J'opine en ponctuant d'une mimique complimenteuse.

— Pendant que vous faites vos courses, quelqu'un reste à l'appartement?

— La mère Lataupe, notre femme de ménage.

— Et les soirs de sortie?

— Naturellement il n'y a personne.

— Ces derniers jours, vous n'avez pas constaté quelque chose de particulier, voire de troublant, ici?

— Rien de rien, mon vieux.

Voilà que je suis devenu son « vieux » à cette grosse bougresse. On est toujours le vieux de quelqu'un.

— Vous êtes allées au spectacle, récemment?

Elle réfléchit, se fouille, sort de sa poche une boîte d'allumettes, en tire une du petit étui de carton et se met à fourgonner entre ses ratiches qu'elle a très espacées.

— Attendez, y a quatre jours, non, cinq, nous avons assisté à la générale de l'*Olympia*.

— Parlez-moi un peu de Rebecca, maintenant.

Elle fronce ses gros sourcils, crache des choses indéfinissables et grommelle :

— Que voulez-vous que j'en dise? C'est une brave gosse. Elle pourrait ne pas travailler, vu que je gagne bien mon bœuf avec mes conneries, mais elle va au charbon tous les matins comme une grande. C'est un signe, ça, non? Les filles qui grattent sans nécessité absolue, ça dénote de leur part une belle moralité.

— Il y a longtemps que vous êtes à la colle?

J'ai eu tort de la braquer. Elle se met à pomper plus d'air qu'il ne lui en faut pour assurer la vitesse de croisière de ses soufflets. Ça l'oppresse, Nini. Son cou de taureau se gonfle et une violeur se répand sur son mufle.

— Dites donc, vous pourriez travailler un peu votre vocabulaire à vos moments perdus. Ah, merde, les poulets ont beau se fringuer chez Ted Lapidus, ça reste des poulets. Brutaux systématiquement ! Par plaisir !

— Hé, du calme, monsieur le baron ! avertis-je. Si vous avez un autre mot pour qualifier votre gentil ménage, je suis preneur.

— Nous cohabitons ! tonne la teigneuse.

— A votre santé, me marré-je. Y a longtemps que la petite Rebecca se fait cohabiter par vous ?

— Huit ans.

— Déjà ! Comme le temps passe ! Vous l'avez kid-nappée devant le lycée, non ? Au lieu d'entrer en sixième, elle est entrée chez vous ! Qui fréquente-t-elle ?

— Personne.

— Je crois savoir qu'elle a de la famille plus ou moins délinquante ?

— Une sœur mariée à un bijoutier de banlieue.

— Et le neveu pique les montres de son papa ?

— Plutôt les bagnoles. Un petit trou de balle qui n'a pas reçu son content de torgnoles au moment où il fallait les lui donner ! Rebecca se fait un sang d'encre, l'idiote.

— Il est en taule, présentement, le chérubin ?

— Je suppose. Ça m'agace tellement de la voir se ronger les sangs pour ce vaurien qu'elle s'abstient de m'en parler.

J'arrête là mon questionnaire car une tronche bien connue émerge de la trappe. Une bouille rubiconde, dérasée par l'heure tardive.

Faut le voir de chef, Béru, pour mesurer l'ampleur de

cette face anomalique. Ses oreilles en conques marines, ses tifs graisseux sous le bord du bitos effondré, son nez comme un projet de groin, son regard couleur de rubis, sa bouche en forme de sandwich, ses pommettes sous lesquelles on voit circuler le beaujolais... Une vision burlesque, effrayante de vérité. La gueule de l'humain, il résume ! Il est le prototype formel de l'homme en péril mais qui l'ignorera toujours. Le péché originel dégouline sur lui comme de l'huile sur une ardoise. Il est tranquille comme goret dans son auge, Alexandre-Benoît. D'une sérénité animale, quasi glorieuse. Sa sérénité organique jette le trouble et assène l'objection.

Je considère un moment cette hure plantureuse au ras du sol, posée à nos pieds tel un ballon de football sur le point de penalty, terrible dans sa solitude et ses conséquences en devenir (ainsi que l'écrirait un grand philosophe que je sais).

On le croirait décapité, mon Bérurier, tellement sa tête semble avoir oublié son corps. Mais voici que le faciès s'anime. Que ses yeux clignent et que les lèvres s'écartent.

— Toi, fait une voix basse, sombre et pathétique, toi, mon fumier, tu me la copyright !

Sur ce préambule, il achève de jaillir. Sa masse s'enfle hors de l'immeuble, comme une baudruche gonflée depuis l'intérieur. Qu'est-ce qu'une baudruche ? Un gros intestin de bœuf ! Béru est une baudruche d'origine porcine, lui. A grand-peine il s'arrache au gouffre pour prendre pied sur la terrasse.

— Ça consiste en quoi, ce truc ? me demande Nini en me le désignant.

— Mon adjoint, fais-je, l'inspecteur principal Bérurier.

— Si vos adjoints vous traitent de fumier, je me demande quels noms vous donnent vos supérieurs, glousse la vachasse.

Le Mastar s'avance en titubant, comme s'il arpentait le pont d'un navire par gros temps. Ce soir, il ne semble pas avoir le pied très marin.

Il vient à nous comme une vache va à l'abreuvoir. Parvenu devant Nini, il la gratifie d'un salut qui serait militaire si le Gros portait un uniforme.

Me désignant à Nini, il déclame d'un ton difficile et qui sent la vinasse :

— Des peaux de zob comme cézigue, j'en ai encore jamais rencontré. J'en ai pourtant fréquenté, des ordures, le long de ma vie. Des grandes, des petites, des bossues, des en noir et des z'en couleur ! Si je devrais dresser la liste des salopes, des charognards, des fumarots, des salingues, des pourris, des carnes, des lopes, des vaches, des enfoirés, des puants, des pots-à-merde, des va-de-la-gueule, des endoffés, des gueules-de-raie, des têtes-à-claque, des fesses-de-rat, des sombres cons, des brasse-gadoue, des jésuitards, des-punaises, des crabes, des zimondes, des tronches de gaye, des têtes de nœuds et des salauds que j'ai eu l'occasion de leur causer, si je voudrais dresser une telle liste, ça représenterait le Bottin ! Mais des plus pires que ce mec, on peut pas en espérer. C'est pas possible ! L'infection il est allé jusqu'au fin fond ! La dégueulasserie, il lui a franchi les bornes ! Une vipère lubrifiée ! Imaginez un pauvre Biafrais qu'aurait bouffé de la merde de rat malade du choléra et qui pèterait ! Eh ben, ce pet, ce serait une odeur d'églantine comparé à ce bonhomme. La trahison, à ce degré, c'est plus vivable. On se sent dépassé ! Les bras vous tombent. La zézette se flétrit. On voudrait s'arracher les burnes et les poser sur sa table de nuit, près de son râtelier.

« Ecoutez, monsieur, poursuit Sa Majesté en cramponnant le bras de Nini, vous qu'êtes un homme, vous allez me comprendre. C't'aprême, je mets un mot sur le burlingue de l'individu qu'est à vot' droite. « Gaffe, mec, j'écrivais en subsistance, ce soir, je sors une nana et je vais dire à Berthe que tu m'as mobilisé pour une enquête. » Là-dessus, me voilà en java avec ma déesse, une crémière nouvelle de notre quartier, bien sous tous les rapports : la reine Juliénas des Pays Basques, si vous voyez le genre ? En plus jeune, en moins dodu, moins moustachu aussi. Bref, de la personne qu'a de quoi s'asseoir sur une marche d'escalier comme si ça serait un fauteuil-club. Des nichemards pareils à deux fois le ballon d'Alsace. Et puis un tempérament de lampe à souder. Pas du tout le genre de gonzesse qu'attend que ça se passe en matant le plafond. Non : de la gueuse qui contribue. Avec des frivolités espéciales, une technique que même la reine des putes sait pas que ça peut exister. Pas la pointure pour garçonnet ! T'as pas le module hercule, et tu l'entreprends avec un chibroque de comptable, elle croit juste que t'y fais de la cuponcture. Notez que c'est une femme réservée, malgré tout. La classe est là ou elle y est pas. Une dame peut te bramer des « Foumlatoute, mon goret » sans perdre un poil de sa dignité. Tout est dans l'intonation. »

Il essuie son front, humecte ses lèvres sèches au moyen d'une langue moins nette que des bottes d'égoutier-ayant-achevé-son-service et termine :

— Me jugeant paré, j'ai batifolé sans arrière-pensée. Belote et rebelote ! Dix de derche ! Ensuite de quoi t'est-ce je raccompagne ma crémière et je rentre chez moi ! Vous savez ce qu'il avait fait, pendant ce temps, l'affreux que voilà ? Un coup de turlu à ma légitime en lui disant comme quoi fallait que je vinsse le rejoindre ici ! Vous jugez de mon arrivée à tome ? Moi qu'étais censé turbiner avec lui !

Il ôte son chapeau pour nous produire une bosse agrémentée d'une estafilade sinueuse.

— Mordez les résultats, monsieur ! Et je vous cause pas des retombées à venir ! Berthe, un coup pareil, me faudra des semaines pour l'éponger, lui engourdir les rancunes. Cet abject-là, que j'ose même pas appeler mon chef, est un brise-ménage ! Un maniaque ! Je serais pichiâtre, je le picanalyserais avec des pincettes et un masque à gaz !

Comme, épuisé, il se tait, je juge opportun de me manifester.

— Je ne suis pas allé au burlingue cet après-midi, Gros. J'ignorais donc que je devais te servir d'alibi. Ceci posé, arrête tes confidences libidineuses et procure-toi une corde suffisamment longue et résistante pour qu'on puisse récupérer le mort gisant au bord du toit.

Béru, faut admettre, chez lui le sentiment du devoir prime tout.

— Le mort ? Quel mort ?

— Monte là-dessus et tu le verras, en même temps que Montmartre ! fais-je en désignant la chaise dévolue à la contemplation du défunt.

Il obéit.

— Mince ! s'écrie-t-il peu après. Mais c'est Vladimir ! Je bondis.

— Comment, tu le connais ?

— C'est un ancien client à moi !

Au moment où je vais le submerger de questions, une voix m'interpelle les talons :

— Vous avez besoin de moi, monsieur le commissaire ?

Ai-je bien dit « une voix » ? Oui ? Alors ce fut un lapsus (la moi et t'auras vingt balles). Peut-on qualifier de « voix » ce murmure glouglouteur, cette bêlerie d'enrhumé, ce solo de monocorde vocal ? Honnêtement je ne le pense pas, aussi vous prié-je de me pardonner cette exagération démesurée dans le choix des termes. J'extravagante facilement. A travers moi, la ficelle devient corde et la source murmurante torrent. Certaines femmes ont la main grossissante. Chez moi, c'est le verbe. On m'a surnommé le Riquet-à-la-Loupe de la littérature. D'aucuns, les minusculophiles, détestent mes outrances. Je suis ainsi bardé d'ennemis connus et inconnus. Il n'importe, j'ai confiance en nœuds. Qui m'hait me suive ! Les imprécations stimulent alors que les louanges amollissent. Et puis les baisers sont souvent plus riches en microbes que les crachats.

Bien, passons. Surpassons ! Je vous disais, ce murmure, ce bêlement miteux, cette voix rouillée posée à ras de plancher...

Celle de Pinuche, nature.

Il est là, le fluet, l'anémiaque, le détergé, le fossile. Elle est là, la guenille, la friperie, l'amère loque. Là, un peu, pas trop, tout juste, à peine, à grand-peine. C'est un souffle ! Un microcoque ! Un rien ! De la barbe-à-papa ! Ses yeux ? Deux plissures dont la suppuration vient tout juste de cesser. Sa bouche ? Un anus démantelé que surmonte une humble broussaille d'altitude ! Ses joues ? Deux cactus concaves ! De menton, il n'y a plus guère. C'est un talon éculé, ravagé, quasi disparu,

un moignon, un trognon de talon ! Sur le front plissé une
mèche déjà grise s'obstine, aussi minable que la moustache. Les oreilles sont blafardes. Mais le chef-d'œuvre de
cette frime de catastrophe oubliée, le donjon en ruine
de ces ruines, c'est le nez. Il plonge, il sinue, il se pince,
il n'en finit pas. Un tronçon de reptile ! Un bout de
surplus équivoque, qui ne fut jàmais quelque chose et ne
sera jamais rien ! Un mystère imbécile de la nature !
Une stalactite de chair morte et de cartilage flasque !
C'est vert, c'est blanc, avec pourtant une roseur à son
extrémité. En cherchant de près, on y découvrirait du
jaune et, qui sait ? peut-être du bleu aussi ! Ça écœure,
ça fait de la peine ! C'est suintant ! On devine que c'est
froid ! On ne peut plus rien pour lui.

Comme j'observe la chose-Pinaud, elle répète en me
balayant d'un regard qui, pour être à peine visible n'en
est pas moins glacial :

— Vous m'avez fait demander, monsieur le commissaire ?

— Qu'est-ce qui te prend de me vouvoyer ?
demandé-je d'un ton rogue à la Vieillasse.

Celle-ci se hasarde laborieusement hors de la trappe.

— Après le tour que vous venez de me jouer,
monsieur le commissaire, j'entends ne plus avoir avec
vous que des relations purement professionnelles,
déclare l'Evanescent.

Ah, non ! Classe à la fin ! Ma mèche de patience
achevant de se consumer, j'explose ! comme l'écrivait il
y a un certain naguère un membre fané de l'Institut.

— C'est de ma faute si tu vas courir le guilledou en
assurant à ta légitime que tu es avec moi, dis, Baderne !

Pinaud époussette son pantalon car il a dû s'agenouiller pour se dégager de l'escadrin sans risquer de perdre l'équilibre.

— Permettez-moi de rectifier, bavoche le fantoche. Je n'aime pas être taxé d'immoralité devant des tiers.

Il désigne Nini.

— Monsieur pourrait se faire de moi une idée peu reluisante.

Comme la grosse gougne le regarde hébétée, il prend la curiosité d'icelle pour de la compassion et se confie à l'hébergeuse de cadavre sans plus tarder.

— Il se trouve, cher monsieur, lui dit-il, que j'ai été comédien, autrefois. Amateur, certes, mais de talent. J'ai eu l'honneur de jouer en compagnie de gens devenus fort célèbres par la suite, tels que César Pion, Geneviève Desbois, Octave Hodessus, Jean Passe, etc. J'ai conservé de cette période artistique un culte pour la profession d'acteur, aussi ai-je à cœur d'encourager les débutants en les aidant à dégager leur personnalité. Ainsi, présentement, me consacré-je à la fille de notre concierge, ravissante adolescente de trente-deux ans qui fera bientôt merveille dans des rôles d'ingénue libertine. Ma digne épouse prenant ombrage de la chose, force m'est de ruser pour préserver la paix de notre ménage. Voilà pourquoi, ce soir, j'ai téléphoné à la mère du commissaire San-Antonio pour la prier de dire à ce dernier...

— Je ne suis pas rentré chez moi, hé, Banane! l'interromps-je.

Il n'en faut pas davantage pour le mettre en déroute.

— Pas rentré? Ah, bon... Je me disais aussi... Franchement, ça m'étonnait de toi. Tu ne te prives pas de nous houspiller, de nous brimer, de nous humilier même, à tes heures, néanmoins la perfidie n'est pas ton genre. Il n'en reste pas moins que la stabilité de mon foyer se trouve gravement compromise.

Il se penche sur Nini.

— Je ne sais pas si vous êtes marié, cher monsieur, et, le cas échéant, j'ignore tout du caractère de votre épouse, laissez-moi vous dire que la mienne en possède un du genre difficile. A sa décharge, je dois convenir que la chère femme souffre d'asthme et d'une ulcération de l'estomac. Rien ne porte plus au moral qu'une gastrite.

Je lui frappe l'épaule.

— Va téléphoner à Mathias, Pénible! coupé-je. Et dis-lui de radiner ici à toute pompe. Tu trouveras un appareil téléphonique dans la chambre du dessous.

Il sourit aux anges. Seul un bébé de moins de six mois peut exprimer cette béatitude comateuse.

— C'est plein de jeunes personnes ravissantes, en bas, souligne Baderne-Baderne, et je gage que certaines d'entre elles sont comédiennes ou le deviendront!

Tiens, elles ne se sont donc pas encore cassées, les greluses? Qu'attendent-elles pour dégager la piste?

Tout émoustillé, Pinuche entreprend une périlleuse redescente. Vieille pantoufle égrillarde! Peloteur timoré! Taste-croupe sournois, le Débris! Encore un asphyxié matrimonial qui cherche à voler des goulées d'oxygène... Ah, ces pauvres attelages pour rois fainéants qui déambulent dans les ornières du quotidien! Haridelles du mariage exténuées par la fuite des ans!

Pendant cet impromptu, Bérurier a commencé de démonter la barrière et une large brèche s'ouvre déjà sur le vide inquiétant de la cour obscure.

— Tu connais donc ce bougre, Gros? reprends-je en montrant le cadavre.

— Je l'ai sauté y a quèques années !

— Belle mentalité ! exclame Nini ! Et vous viendriez railler nos mœurs !

— Ma chère amie, dis-je, dans notre jargon de flic, sauter quelqu'un signifie l'arrêter.

Béru a eu un sursaut.

Il abandonne sa barrière démantelée pour nous faire face.

— Quoi, « *ma* chère amie » ? fait-il en matant la pingouine. Tu voudrais entendre par là que ce monsieur est une dame ?

— Pour l'état civil et la sécurité sociale, oui ! confirmé-je ; mais dans la pratique, le doute subsiste.

— C'est marrant, ronchonne Sa Majesté, je me disais aussi... Pour un homme il a les cheveux coupés drôlement court !

CHAPITRE III

POUF !

Alexandre-Benoît cause !

Car il ne parle jamais vraiment. Parler, c'est communiquer ; lui se répand. Il atteint ses interlocuteurs par un phénomène d'inondation. Il me cause de Vladimir — le nom de famille de la victime lui échappe. Un truc en « ski » selon lui. Polak ! Ou Ruskoff... Il ne sait plus... Il a eu affaire à l'homme (1) incidemment. Un coup de main qu'il a donné, pendant les vacances d'il y a trois ans, à nos potes de la brigade sauvage. Il s'agissait d'appréhender une bande de faux mornifleurs. Vladimir figurait au tableau de chasse, section artistique. On avait retrouvé à son domicile certaines planches reproduisant des biftons de cinq cents pions. Vladimir put prouver qu'un régisseur de cinéma lui avait demandé d'exécuter ce boulot pour les besoins d'un film et son coup s'était écrasé au bénéfice du doute.

— J'ai hâte de récupérer ce garçon, fais-je. Cours chercher un lasso !

Il disparaît.

Nous revoici de nouveau en tête à tête, Nini et moi.

_____

(1) C'est plutôt l'homme qui a eu affaire à Béru !

Elle a perdu son côté agressif. La réaction se fait et ce brave grenadier vadrouille dans des songeries moroses.

— Dans quelle branche travaille votre chère Rebecca ? demandé-je.

— Publicité. Elle est à « Néo-Promo ».

— Elle sort beaucoup ?

— Pas plus que moi. On ne se quitte jamais...

— Attendu que vous êtes toutes deux natives d'Arras, chef-lieu du Pas-de-Calais ? chantonné-je. Cependant elle a accepté mon invitation à dîner sans trop se faire prier.

— Elle avait ses raisons...

— Elle vous les a fait valoir ?

— Elle m'a dit qu'elle devait voir *quelqu'un* d'important en compagnie de sa sœur et de son beau-frère au sujet de leur garnement.

— Car vous êtes jalouse ?

Nini sort de la poche de sa chemise un cigare logé dans un étui de métal et l'allume rudement, sans souscrire au rituel ordinaire.

— En quoi notre vie privée vous concerne-t-elle ? riposte *le* compagne de Rebecca.

— Quand on a une carcasse de bonhomme assassiné sur sa terrasse, votre vie privée devient publique à une vitesse grand « V », *mon* pauvre madame, c'est désastreux, mais c'est ainsi, le monde est féroce : les ennuis enfantent des ennuis. Ce qui m'intéresse, entre autres choses, c'est de bien connaître votre mode de vie à toutes les deux. Avant de chercher à savoir qui a tué le prénommé Vladimir, je dois comprendre la raison de sa présence chez vous ! C'est primordial. D'après vos premières déclarations, à l'une et à l'autre, vous, vous ne l'aviez jamais aperçu et Rebecca le connaissait seulement de vue. Rien d'anormal ne semble s'être produit ici. Pourtant, avant-hier soir, votre amie découvre un mort au-dessus de votre chambrette. L'attitude de la douce Rebecca est alors pour le moins étrange. Au lieu d'appeler au secours, elle garde pour elle sa macabre trouvaille comme l'écriront avant l'aube les journalistes. Elle laisse se faisander Vladimir avant de tenter quelque chose de timide et prévient la police par la bande, en faisant le grand tour. A croire qu'elle n'est pas consciente de la gravité de la chose et qu'elle espère *l'arranger*, comme on se fait sauter une contredanse par un copain de la Préfecture. Vous trouvez son comportement satisfaisant, vous ?

— Non, assure violemment l'ogresse, aussi allons-nous en avoir le cœur net ; venez avec moi !

Je la suis, plein d'espoir, en me disant que son autorité maritale obtiendra peut-être des résultats supérieurs à ceux que me vaudrait mon autorité policière.

Nous déboulons au pas de charge sur un spectacle qui mérite d'être apprécié des amateurs.

Effectivement, contrairement à ce que j'escomptais, les six copines de vacances du couple ne sont pas parties. Mieux : elles se sont mises à l'aise, entendez par là que l'une d'entre elles s'**est dévêtue** et drapée dans un rideau de fenêtre en velours de soie bleu. Elle fait face à Pinaud, lequel est également enchitonné dans le second rideau. La Vieillasse a posé son chapeau. La misérable végétation qui désole son chef s'y trouve collée par la sueur comme des algues vénéneuses sur un récif. Son nez est plus tordu que jamais, que dis-je : que toujours ! Les yeux clos, il déclame d'une voix pareille au coup de frein d'un funiculaire dont le câble vient de péter :

Et si tu peux calmer le courage d'Aegée,
Qui voit par notre choix son ardeur négligée,
Fais état que demain nous assure à jamais
Et dedans et dehors une profonde paix.

A quoi sa partenaire rétorque, comme il sied en pareil cas lorsqu'on entend interpréter le rôle de Créuse :

Je ne crois pas, Seigneur que ce vieux roi d'Athènes,
Voyant aux mains d'autrui le fruit de tant de peines,
Mêle tant de faiblesse à son ressentiment...

— Non, mais je rêve, bordel de Dieu ! tonne Nini. Qu'est-ce que c'est que ce circus ? Où vous croyez-vous ? Au Français ? J'ai un cadavre à demi décomposé sur ma terrasse, les flics sur le paletot et le scandale au cul, et pendant ce temps ces connards décrochent mes rideaux pour jouer *Médée !*

Le spectacle s'arrête comme à l'opéra lorsque la basse noble, au lieu d'entonner son grand air, se met à gueuler au feu. Pinaud, pantelant sous sa charge de velours, a l'air aussi con qu'une valise sans poignée. Quant à l'héroïque Béru, il tente l'impossible, à savoir une justification de cette scène burlesque.

— Les rideaux décrochés, c'était pour récupérer les cordons, assure Sa Proéminence.

— Et comme je le supposais, j'ai appris qu'une de ces personnes suivait des cours d'art dramatique, bêloche Pinauche. Je n'ai pu résister au plaisir de l'auditionner !

Nini s'étrangle avec la fumée de son havane.

— Montrez-moi votre carte de matuche, mon vieux ! m'ordonne-t-elle, car j'ai des doutes, c'est pas possible que vous soyez réellement commissaire en ayant pour sbires des gugus de cet acabit.

Un grand désarroi emplit l'appartement. Ça ressemble à ces soirées joyeuses au cours desquelles un invité se brise les vertèbres cervicales en faisant le pitre. Le drame éteint mal les rires. La joie est un incendie tenace qu'il faut entièrement noyer pour en venir à bout. Il fléchit ici, pour reprendre là. Les flammes meurent pour mieux renaître dans leurs cendres. Moi, j'ai beau me dire qu'on baigne dans le macabre, dans le mystère, dans le lugubre, une énorme rifouille me taraude l'entraille à la vue de la frite impossible de Nini courroucée, son cigare battant la mesure entre ses dents grelottantes de fureur ! De Pinaud en vieux roi mage pour crèche d'asile de nuit ! De Béru, veste tombée, cravate dénouée, et dont les mains avides pétrissent à la volée un bras ou une épaule inattentifs à ses hardiesses ! Une harmonie prodigieuse dans le plus pur burlesque !

— Un cadavre sur la terrasse ! s'égosille l'une des donzelles. Tu plaisantes, ma Nini ! Un cadavre de quoi ? De chat, de pigeon, de piaf ?

— Un cadavre de gangster ! répond l'interpellée. Où est Rebecca ?

Je sursaute. C'est vrai, ça, la gosse n'est plus là.

— Elle a passé un manteau et dit qu'elle avait une course urgente à faire ! répond une rouquine.

Oh, que je déteste ça ! Brusquement, ces demoiselles pérorent, jacassent, tohu-bohutent en chœur et en cadence. Elles assaillent Nini de questions sans lui laisser le temps de donner des réponses ! Elles exclament leur stupeur, font le siège de Béru et de la Vieillasse pour savoir. M'interpellent ! M'interpolent ! M'interviouvent ! M'interceptent ! Six femelles curieu-

ses, croyez-moi, ça équivaut à deux typhons, quatre
ouragans ou huit tornades, au choix. On est pris à
partie, aux parties, prêt à partir. On nous miaule des
avidités. Ça jaillit à gauche, à droite, par en dessus, par
en dessous. J'essaie de refouler le flot impétueux, de me
tirer de la vague houleuse. Faut que j'avise, que je
dispositionne. Rebecca a gerbé ! Où est-elle allée ?
Quelle nouvelle lubie l'a saisie, cette bizarre souris
brouteuse ? A-t-elle eu peur ? S'est-elle sauvée ? Alerte
à toutes les voitures de police ! Verrouillez les gares, les
aérogares, les péages, les ports salut, les bases de
lancement ! Faut qu'on la retrouve, Rebecca... Y a
urgence !

— Ecoutez, les filles, écoutez-moi ! je tente.

Mais elles n'écoutent pas parce qu'elles ont soif
d'apprendre, ce qui peut sembler paradoxal ! Un trop
curieux n'attend pas des réponses ; il pose des questions.

Va falloir échapper de leur gloutonnerie à coups de
lattes et de tartes sur le museau ! Annihiler leurs
questions en leur appliquant LA question.

Agir coûte que coûte avant que nos tympans se
craquellent et que nos nerfs patinent.

Je me débats comme un beau diable ; comme un très
beau diable. J'en catapulte une particulièrement fougueuse sur Béru. Elle le déséquilibre, cet être surchoix
choit. Il tombe en entraînant Pinaud dans sa chute ! Le
vieux gentleman cherche à se raccrocher à sa partenaire
de naguère. Quatre culbutes ! Ça criaille, ça piaille, ça
braille, ça morse ! Ça s'amorce ! Les uns veulent se
relever au détriment des autres. Le frotti, c'est encore
pire que le frotta ! Béru, côté sensualité, un rien le
survolte ! Ces corps de femmes trémulsant sur sa
bedaine lui chanstiquent la dignité policière ! Il devient

dingue d'affolement glandulaire. Ses soupapes de sécurité se coincent. Le v'là qui pâme, qu'attrape des
chevilles, qui tire sur des jupes. Deux autres dadames
s'abattent! Un enchevêtrement qu'arrive plus à extri-
quer, mes fieux! Six personnages en quête de hauteur!
Plus moyen de se relever! Nini rameute la garde! Elle
crie « *assez!* ». Mais ça ne cesse pas. Elle traite mes
coéquipiers de gorets scrofuleux, de saloperies de mâles
en chaleur! Le Gravos embrasse de-ci, de-là ce qui lui
tombe sous la bouche! A la volée! A l'avalée! Au
hasard! Dans sa folie sexuelle, il roule une pelle à
Pinuche! Il mange un morceau de sweater (heureusement c'est du cachemire et ça glisse tout seul). La
dinguerie du zobinoche l'empogne à bras-le-corps, à
branle-encore! Vite, un seau d'eau! Les pompiers?
Non, trop risqué! Il aimerait!

Je suis sur le point de perdre mon self-contrôle
lorsqu'une voix formidable retentit. Une voix toute
pareille à un coup de canon tiré dans le défilé de
Roncevaux. Une voix qui enniaise le tonnerre, qui
foudroie les appareils acoustiques, rend vains les bels,
les décibels de nuit, les Annabel de jour. Une voix qui
répand la terreur, voix que le ciel, en sa fureur, inventa
pour punir les crèmes de la Tire :

— J'en étais sûre! Quécej'vouzavaidit!

Berthe Bérurier et Mme César Pinaud se tiennent dans
l'encadrement de la porte. Implacables comme le destin! C'est « Ce soir à Samarcande »! C'est le vilain
génie de la lampe Aladine qui fait philippine! Ah, vision
effroyable! Cauchemar vivant! Réalité en délire! Elles
ne s'impriment pas dans les rétines, ces vouivres : elles
les sculptent! Leur apparition sera d'emblée homolo-
guée par Rome. Sa date restera à jamais dans la

mémoire des hommes. Il y a, pour donner son impulsion et ses pulsations à la ronronnante vie quotidienne, des faits, des événements ! Ils servent de repères à l'humanité rampante. Ils la tirent du gris, ils animent son coma. Que signifierait le Vésuve si Pompéi n'avait été détruite ? Que voudrait dire la navigation si le *Titanic* n'avait coulé ? Qui comprendrait le mazout, sans la marée noire ? Elles sont terribles, les deux mémégères. A la fois catastrophe et sauvage salut ! Infernales et pourtant sublimes !

Il y a je ne sais quoi d'héroïque dans leur présence ici, à ces méménagères. L'on dirait des louves venues chercher leurs loups déguisés en garou (*verewolf*). Elles fascinent comme une exécution capitale, ces hardies déméménageuses. Ce qui trouble avant tout, c'est qu'elles soient deux ! Ensuite qu'elles soient si dissemblables ! Et puis aussi qu'elles soient endimanchées ! Elles se sont mises sur leur cent trente et un pour donner l'assaut, ces saint-cyriennes, ces sincères hyènes. Leur démarche revêt dès lors un caractère sacré ! Le courage en gants blancs, c'est deux fois du courage. La mère Pinaud surtout force le respect. Vous souvenez-vous de Mme Yvonne, jadis, quand elle allait chez Fauchon faire le marché ? Eh ben y a un peu de ça. Du sombre, du sobre, de la dignité blafarde ! Du deuil préalable ! De la sévérité mansuète. Elle porte un tailleur gris anthracite, dame Pinuche. Un chapeau à aigrette. Elle a de longs gants gris. Des souliers plats. Des bas de coton, un parapluie, un sac à main, l'air de suivre un corbillard, l'agonie au fond de la prunelle, des silices partout, des maux endurés, des mots en réserve, des arrière-pensées en berne ; du chagrin exposé pendant toute la durée de la Foire. Une certaine façon d'exprimer : son mépris,

son catholicisme, ses ordonnances médicales, ce que fut
sa vie matrimoniale, ce que sera son veuvage, la
température extérieure, le style de sa salle à manger, sa
stérilité foncière, la maladresse de son dentiste et la
brutale hausse de l'entrecôte.

Berthe ?

Elle, c'est autre chose !

Une philosophie, ou plutôt une certaine manière
d'exister autrement en faisant comme tout le monde.

Le seul reproche (combien léger !) qu'on pourrait lui
adresser, à B. B., c'est d'avoir un certain retard sur la
mode, un peu comme dans ces petits patelins où l'on
écoute toujours du Tino Rossi et pas encore du Charles
Trénet.

Ainsi, ce soir, la Gravosse est fringuée d'une mini-
jupe qui lui arrive au ras de la babasse et d'une veste en
cuir à fermeture-Eclair qui ne fermé-claire plus vu que
le petit bitougnot pernicieux a disparu dans une gestée
trop brutale. Détail saugrenu : elle s'est coiffée d'un
bitos comme je n'en ai jamais vu autre part que sur la
tête ci-devant couronnée de Madame veuve George Six.
C'est tortillé, en soie verte, volumineux, à festons,
bringuebalant, brimbalant et cela sert de coupe à un
monceau de fleurs, de fruits, de légumes, de feuilles et
d'animaux jetés en un amoncellement des plus gracieux.
Des tulipes veineuses, des pivoines écarlates, des bana-
nes jaunes Van Gogh, des grappes de raisins verts, des
poireaux en bottes, des feuilles de chêne en général,
des mésanges effarouchées, des perroquets hypnotisés,
d'humbles pâquerettes, des pois de senteur, des poils de
centaure s'entre-escaladent harmonieusement. Ça pourrait être britannique ; cependant ça reste français. Est-ce
à cause de la tête de coq fichée tout là-haut, au

sommet ? Ou bien du petit drapeau tricolore que tient un écureuil dans ses pattes jointes ? Long ne c'est.

La colère de sa propriétaire met l'édifice en grand péril. La pièce montée risque de se démonter. La tiare a la diarrhée. Le bada funambule. Bien qu'ayant sévi à Brides-les-Bains, Berthe n'en a cure (1). Pourtant, ce chapeau, elle doit y tenir, fatalement. On ne coiffe pas une voiturée des quat' saisons, les massifs de Bagatelle et la ménagerie du Cirque Amar négligemment. Faut s'y consacrer ! Y croire ! S'entraîner ! L'homme-orchestre ne considère pas son harnachement comme une simple paire de bretelles. Il en est constamment conscient ! De même, Berthe ne saurait oublier la construction qui la surmonte. Pourtant devant la gravité de l'instant, elle en abdique la majesté.

— Je sentais que ces trois fumiers manigançaient une orgie, proclame la vaillante compagne d'Alexandre-Benoît. Leurs sales combines, à ces pourceaux, comment je les renifle ! Au bordel, nom de Dieu ! Comme des collégiens ou des anciens combattants de 14-18 ! Regardez-moi ça, maâme Pinaud, non mais regardez bien, y a fringant du lit, vous me servirez de témoine ! Au bordel ! Des hommes de cet âge et de cette profession ! Et dans quelles postures, sainte mère ! Par terre ! Des individus qu'ont pourtant tout ce qu'y faut chez eux : des lits, des femmes, des bouquins cochons et du permanganate de soude ! Se cogner des radasses que je voudrais même pas qu'elles fassent ma vaisselle, qu'après j'aurais trop peur de choper la chetouille !

---

(1) Je ne déconne plus : je déconnecte ! Je mouche mon cerveau, les gars ! Je l'éternue à enfiler des pages et des pages avec la frénésie d'Henri III.

Vous témoignerez, maâme Pinaud ! De tout ! La par-
touze ! La vraie, à épisodes ! Quatre hommes et six
filles ! Ecrivez-le ! Si, si, faut noter, qu'ensuite on
confusionnera. Quatre hommes, six putes ! Et sous la
conduite de leur supérieur, encore ! Une honte ! J'en
rougis d'être française ! Et dire qu'on traîne ces sali-
gauds derrière nous depuis des années ; qu'on leur a
consacré le meilleur de nous-mêmes. Le mien, pour
vous dire, il a presque eu mon pucelage ! Je l'ai jamais
trompé ; enfin rarement, en tout cas j'ai jamais eu
plusieurs amants en même temps. Et le remerciement
c'est quoi donc ? Ça !

Elle se rue sur l'époux indigne et se met à lui piétiner
la face.

Oh, naturliche, il proteste, le Mastar. Il exclame qu'y
a méprise, confusion odieuse, malentendu effroyable. Il
fait appel à moi, à ces dames, au peuple de France tout
entier. Il sermente à une cadence folle. Jure sur la tête
de Marie-Marie, sur sa carrière d'honnête policier, sur
la mémoire de feu le Général de l'Etoile. Il est victime
des apparences ! La fatalité vient de lui faire un croque-
en-jambe. Il plaide non coupable, énergiquement. Mais
la furie n'écoute pas, ne veut pas entendre. Au
contraire, on dirait que les lamentations de son pauvre
homme la dopent. Elle lui écrase le nez, les pommettes,
les lèvres. Lui composte les paupières. Lui estampille le
front. Le bosselle, le rosse, le roue, le rompt ! Sa jupette
froufroute, découvrant de monstrueux jambeaux aux-
quels la cellulite donne une apparence de sol lunaire,
elle a le dargif immense, Berthe. Grand comme un
parasol ouvert. Son cul est formidable. Voilà. J'ai
cherché un terme plus sûr, mieux apte à cerner l'impression qu'on retire de cette vue et n'en ai point trouvé de

meilleur. For-mi-da-ble ! Je répète, j'acharne. Il impressionne, il confond, il en impose. Les aciéries Krupp, dans son genre... Il y a de la puissance transmutatrice dans ces fesses, une impétuosité de volcan contrôlé. Seul un monstrueux essaim de hauts fourneaux en action peut traduire un peu de cette force abrupte. C'est le cul des culs, le cul suprême. Le négus des culs ! Le cul roi ! Le cul pape ! Le fait cul ! Le cul régnant ! Le siège du cul ! Son fondement véritable ! La digue du cul ! Le cul impérator ! L'apothéose du cul ! Le cul astral ! Le cul soleil ; bref : le cul ab-so-lu !

Moi, comme de juste, comme un juste, je veux intervenir. Soustraire à la vindicte de la Baleine son lamentable cachalot. Je renonce aux mots, le temps du verbe n'étant point encore arrivé. L'acte est la manifestation la plus spontanée face au péril. Aussi tenté-je de ceinturer la Grosse. Mais peut-on prendre la Conciergerie dans ses bras ? Etreint-on une locomotive roulant à cent cinquante de moyenne ? Contient-on, en s'arc-boutant, une avalanche ? Pauvres humains, force nous est de laisser couler la montagne et passer le train.

Force m'est abandonner B. B. à son vertige maricide. Bientôt, Béru reste immobile, groggy, sanguinolent ! K.-O. !

Oui, lui, le roc, le mammouth, l'invincible. Lui dont le lard est mieux trempé que l'acier de Durandal, le voilà qui gît sur la moquette de Nini.

Vous croyez pour le coup Berthe calmée ? Ah, nenni, mes bons apôtres !

Depuis lulure déjà son chapeau s'est écroulé au milieu de la mêlée dans un fracas de paroxysme d'incendie. Depuis lurette il a été piétiné, profané, démantelé. Et maintenant, ses décombres dispersés hurlent leur tragédie dans l'appartement. La vue du chef-d'œuvre perdu donne de sombres regains à la bermégère du Gros. Le compte du fautif étant réglé, elle s'attaque aux bacchantes lascives qui détournèrent l'époux de ses devoirs. Alors c'est la panique ! Plusieurs d'entre elles, déjà tuméfiées par la « frange » de la correction, rampent pour se mettre hors de portée. Fougueuse, Berthy les rattrape. Elle les agresse sauvagement, sans sommation. C'est son *Pearl Harbour,* à la démente bougresse. Homicide par imprudence ! Faut qu'elle détériore complètement ! Elles hurlent en chœur, les chéries. Celles qui le peuvent se sauvent en courant. Nini a la mauvaise idée d'intervenir ; elle est impitoyablement fauchée d'un revers de bras sur la nuque. Nous allons à l'hécatombe ! A la tombe ! Au drame atroce ! D'ici un peu moins de pas longtemps on sera ruisselant de scandale. Honteux, compromis, perdus ! La situation devient intenable. Des filles sont déjà inanimées, couvertes de sang. D'autres, touchées à l'estom', vomissent. J'ai une idée. Je cours au commutateur et j'éteins la lumière. Convenez que l'initiative était valable. L'obscurité douche les ardeurs aussi bien, et parfois mieux, que l'eau froide. Eh ben, mes frères, je l'ai dans le Laos ! Elle s'en aperçoit même pas, qu'il fait noir, Bertaga. La nuit l'indiffère. Ne la déconcerte pas. On pourrait croire qu'elle la stimule plutôt. Qu'elle couvre sa voix, ses faits, ses voies de fait ! Qu'elle la libère des ultimes retenues humaines. Son carnage devient aveugle, donc total. Il ameute l'immeuble. On entend des portes claquer, des galopades dans la cage d'escalier. Ça s'interroge, ça se renseigne. « C'est chez les gougnotes du haut. » « Il faut prévenir Police Secours ! » « C'est déjà fait ! » « Mais qu'est-ce qu'elles se font ? Elles se bouffent et parviennent pas à se

digérer ? » Et d'autres trucs encore, plus confus, moins
convenables, cruels. Que j'oserais jamais répéter dans
ce chef-d'œuvre, tellement ils sont effrayants de
cynisme, stupéfiants de la part de gens habitant Saint-
Louis Island.

Je ferme les yeux. J'autruchise à outrance. Y'a des
moments, à force de trop de périls et d'impuissance
conjugués, c'est tout ce que tu peux faire. Se carrer la
pipe sous une aile, c'est le suprême recours. L'abdica-
tion totale. L'antichambre de la prière. Le geste de
l'acte de contrition.

J'attends, verrouillé en moi-même. Bien hermétique,
bien étanche.

A la fin, le bruit cesse. Seul subsiste le remue-
ménages (1) de l'escalier. Je redonne la lumière. Je
relève mes chères petites paupières. Je cille ! Vacille !

Quelle horreur ! C'est plus terrible que ce que je
redoutais. Plus complet dans l'épouvantable. Ne reste
debout, en dehors de moi, que la mère Pinuche. Son
Détritus, Béru, Nini, quatre filles jonchent le plancher.
Berthe a le souffle détruit par l'intensité de l'effort. Elle
se laisse tomber dans un fauteuil, les jambes allongées,
les bras pendants.

Sa veste de cuir a éclaté. Son affreux collant idem. On
lui découvre des étendues de viandasse rose. Des touffes
indéfinissables, des bouts de fesse, des capsules de
loloches. On dirait une vache achevant de vêler.

Son fruit, son enfant, son œuvre, son produit, c'est
cette destruction générale, ces pantins disloqués étendus
à ses pieds en un pêle-mêle tragique.

---

(1) J'écris remue-ménage avec un « s » parce qu'ils sont plusieurs
dans l'immeuble.

Elle tourne vers nous un regard globuleux, saillant, atone, sanglant. Se pourlèche les lèvres poisseuses de rouge à lèvres et en haletant nous dit ce mot singulier, mais qui couronne admirablement son action :

— Fallait !

Vous avez bien lu ? « FALLAIT. »

Donc, elle vient de souscrire à une nécessité, Berthe Bérurier. Aux exigences impérieuses de sa morale. Bref, *elle a fait son devoir !*

Chère femme, va !

La dame Pinaud se hasarde alors. Elle sent que l'orage s'est calmé. Le séisme est passé, la foudre s'est éloignée, le raz de marée s'est remis au fourreau. Désormais, on peut approcher la Vachasse. Rétablir les communications avec elle.

La digne personne se penche sur Pinaud non sans une confuse répugnance. Un doute monumental la hante. Elle sait qu'un époux mort n'est plus un mari. Qu'il n'est même plus un souvenir de mari, mais une chose répugnante dont il convient de se débarrasser d'urgence. Elle examine le sien. S'enhardit à le tâter.

— Je ne pense pas qu'il soit décédé, se dit-elle à soi-même avec un très confus regret. Non, il vit nettement.

Puis, à Berthe, parce qu'elle doit nécessairement prendre position :

— Ma chère, vous n'y êtes pas allée de main morte.

Berthe a une mimique modeste. Elle fait sobre. C'est la femme qui sait surmonter une victoire. Son triomphe est là, évident, et il lui suffit qu'il soit. Tout épilogue ne saurait que l'altérer.

Quelque chose d'imprévisible se produit brusquement. Nini a retrouvé ses esprits. Brisée mais consciente, elle se traîne comme une otarie blessée jusqu'au fauteuil de la Baleine.

Elle lui prend alors la main, doucement. Porte celle-ci à sa joue et balbutie d'un ton noyé :

— Oh, ma chérie, ma chérie, vous avez été sublime !

CHAPITRE IV

BING ?

Et puis c'est la horde.

En vrac, en nombre, en foule. Les voisins, Police Secours, Mathias, les ambulanciers, des passants, des chiens errants, un curé. Une ruée insensée. Des femmes en chemise de nuit, d'autres en robe du soir. Des messieurs en pantoufles, des chauffeurs de taxi, des étrangers de Paris, des Français d'ailleurs, une concierge sans balai, une ballerine sans concierge, un violoniste tuberculeux, trois gardiens de la paix du Cantal, un égoutier de nuit fonctionnant à l'acétylène, une souris de Pigalle, deux tapettes de la rue Budé, une bouquetière, un boutiquier ; un unijambiste ferme la marche !

Pour lors je réagis. Si je nous laisse investir, c'est la fin de tout ! Je sollicite les matuches, me fais connaître d'eux et les mobilise. Mission : dissiper la populace. Je charge les ambulanciers d'ambulancer les plus blessés (on ne peut *panser* à tout). L'abeille laborieuse, mes gamines ! Je suis omniprésent. Me dépense sans attendre la mornifle ! Assignant des postes ! Précisant des fonctions et la manière de les exercer. Votre San-Antonio vient de trouver son deuxième souffle, de becter ses *spinachs*, de décréter l'état de siège. Les gougnettes les plus tuméfiées sont évacuées. Je déclare aux archers de la maison pébroque que je me chargerai du rapport. Tu parles! Il va être coquet, le rapport! Mathias soigne Béru à la fine Champagne. Berthe, touchée par la grâce (et par la grosse) bassine les tempes de Nini en lui demandant pardon de l'avoir un tout petit peu massacrée. Dites, est-ce que la Baleine verserait dans l'aïoli en vieillissant? Quant à Mme Pinuche, elle s'occupe de son époux avec onction, componction, attention et noblesse de cœur.

— Monsieur Pinaud, lui dit-elle, je vous soigne parce qu'il est de mon devoir d'épouse d'agir ainsi, mais vous n'êtes qu'un scélérat méprisable et je vous préviens que tout est terminé entre nous. Ma religion m'interdisant de réclamer le divorce, je continuerai donc de partager votre misérable existence, à cela près toutefois que je ne vous accorderai jamais plus la moindre faveur. Vous irez donc assouvir vos bas instincts dans ces antres spécialisés, en compagnie de créatures auxquelles on ne peut souhaiter que la miséricorde de Dieu et la prophylaxie des hommes.

Il se décloaque doucettement, le Débris. Il défloconne de la pensarde par petites poussées en entendant sa bermégère.

— Mais je n'ai rien fait, balbutie-t-il. Tu te méprends, ma Douceur. San-Antonio te confirmera que...

La dame se signe en me toisant.

— Il ne me confirmera rien, déclare-t-elle sèchement, car je ne prêterai plus l'oreille aux louches paroles du démon. Un chef se doit de donner l'exemple, non d'entraîner ses collaborateurs dans les temples du vice.

Vieille tarte, va ! Ah, ces sales foireuses blettes ! Ces maussades de la vie qui s'ablutionnent le trésor à l'eau bénite pasteurisée ! Ah, les guenuches infectes aux sentences toujours prêtes ! Tu voudrais leur faire déferler sur la carcasse un régiment de Mongols en rut !

Je me détourne de la chaisière. J'aimerais me servir du porte-cierges de la Trinité comme d'un barbecue pour lui faire frire les rancœurs à cette carne qui sent la crypte mal aérée.

— Mathias, dis-je au rouquin, laisse tomber ce goret et monte sur la terrasse en compagnie d'un des agents. Par une brèche pratiquée dans la barrière tu découvriras au clair de lune le cadavre d'un homme. Essayez de le récupérer sans vous payer un valdingue dans la cour. Lorsqu'il sera à disposition, examine-le et fouille-le. Je veux connaître la date approximative de sa mort, comment on l'a assassiné, son identité, etc. Fais-toi apporter de la lumière et contrôle toute la terrasse pour t'assurer s'il y subsiste ou non des taches de sang. Je veux savoir à quel endroit précis on l'a buté.

— Je ferai de mon mieux, monsieur le commissaire, promet Mathias.

Ce qu'il y a de chouette avec lui, c'est qu'il fournit toujours un maximum de réponses en posant un minimum de questions. Il s'étonne de rien, le Rouillé. Il regarde la vie à travers son microscope, si bien que les plans généraux lui échappent. Le temps de compter jusqu'à un, il a disparu par l'escalier en pas de vis (ici il serait plutôt en pas de vice).

Je fais signe à Nini.

— Venez un peu par ici qu'on cause : votre petite femme a mis les bouts de bois et il est urgent qu'on la retrouve.

J'aimerais que vous matiez la mère Nini, dans quel pitoyable état elle se trouve après le coup de sang de Berthy ! Un coquard vert foncé sur l'œil. Une pommette en coquelicot. La lèvre supérieure grosse comme un pneu de mobylette. L'oreille droite décollée du bas. Une manche de sa chemise arrachée découvre le tatouage qu'elle porte au bras. Ça représente bien classiquement un cœur percé d'une flèche. Au-dessus du dessin, on avait initialement écrit : *A x... pour la vie.* Mais postérieurement, on a rayé le prénom pour le surmonter d'un autre qui fut raturé également par la suite. Si bien que le *Rebecca* qui éclate en caractères flamboyants au-dessus de l'édifice semble être souligné deux fois.

— Vous avez servi dans la marine, je parie ? soupire Berthe en découvrant ces graffiti.

Nini a un sourire mystérieux. La goulue a servi dans bien d'autres corps.

Sans entrain et en claudiquant bas elle me rejoint.

— Vous avez une idée de l'endroit où Rebecca est allée ? lui demandé-je.

— Aucune, répond la tuméfiée.

— J'ai besoin de savoir.

— Moi aussi, riposte l'hermafreuse.

Elle avise une blonde abandonnée au creux d'un canapé.

— Jacky, appelle-t-elle. Elle est partie de quelle façon, Rebecca ?

L'autre se désole parce qu'elle saigne du nez. Elle se bourre du Kleenex roulé en tampon dans les éteignoirs afin de stopper l'hémorragie, mais ça raisine mochement sur son chemisier.

— Brusquement, répond-elle à travers des bouts de

sanglots. Elle est allée écouter le vieux rat pourri, là
(elle montre Pinuche) qui téléphonait. Alors elle nous a
déclaré, tout de go : « Il faut que je file, ça se gâte.
Vous direz à Nini que je suis désolée pour elle, mais que
ça n'est pas ma faute. Amusez ces bonshommes pour
qu'ils ne s'aperçoivent pas tout de suite de mon
départ. » On n'a pas eu le temps de la questionner, elle
avait déjà filé. Nous, on se demandait ce qui se passait...
D'ailleurs, je me le demande toujours. Tu parles d'une
réunion de prévacances !

Un silence succède, entrecoupé de gémissements
divers.

— Où habite le beau-frère bijoutier de la môme ?
demandé-je au compositeur.

— Nouvelle Avenue du Général-de-Gaulle, à Saint
Franc-la-Père, répond Nini qui est déjà retournée
s'asseoir au côté de Berthe.

Elle ajoute distraitement, car après un état de crise
aiguë on se laisse volontiers aller à des considérations
superflues : « Avant il habitait Avenue du Général-de-
Gaulle, mais à la mort de ce dernier on a rebaptisé
l'unique rue du pays, qui portait déjà le nom du héros. »

Nanti de ce précieux renseignement, je retourne sur
la terrasse.

Mathias et l'agent qu'il a mobilisé ont mené à bien
l'opération « pêche à l'asticot ». Le sieur Vladimir X...
est maintenant étalé au bord de la trappe, prêt à quitter
l'immeuble.

C'est un type blond-roux, au visage lombaire. Il a le
nez large ; des grains de beauté parsèment ses joues. Il
porte un costar dans les tons feuille-morte (elles aussi),
bien coupé, très mode. Sa chemise s'orne, si je puis dire
(et le pouvant, je ne m'en prive pas) d'une auréole

carmin. Sa plaie au cou ressemble à une seconde bouche qu'on lui aurait pratiquée à la va vite.

Je désigne le cadavre à Mathias, lequel s'active dans la lumière blême et insuffisante d'une torche électrique.

— Alors, que t'a-t-il déjà raconté? demandé-je au Rouquin.

Mathias loche la tête.

— Il a été tué d'un coup de hallebarde dans la poitrine, annonce-t-il.

Je sourcille.

— Qu'appelles-tu une hallebarde, fiston?

Le Rouillé panique de la coiffe. Son regard de chat me jette des éclats éplorés semblables à ceux d'un faux brillant.

— Mais j'appelle une hallebarde, une hallebarde, patron!

— Une vraie, comme en avaient les archers du roy?

— Bien sûr. Certes, l'arme est peu commune, mais aucune erreur n'est possible. La plaie parle. Cela commence par une pointe effilée, puis qui devient carrée avant de s'élargir et de se denteler. La victime a eu le cœur déchiqueté car le meurtrier n'y est pas allé avec le dos de la cuiller. Par contre, l'entaille au cou est due à un couteau. Le décès remonte, à vue de nez, à cinq ou six jours...

A vue de nez est bien de circonstance. Ce qu'il peut fouetter, Vladimir! Maintenant qu'il est à mes pieds, son odeur devient insoutenable. L'assistant provisoire du Rouquin est un jeune agent tout livide. Peut-être connaît-il cette nuit son baptême du feu?

— Voici son portefeuille, ajoute mon précieux collaborateur en prenant une pochette de box noir sur la

table de jardin, je vous laisse le plaisir d'en faire
l'inventaire.

— Merci. Il ne te reste plus pour ce soir qu'à essayer
de déterminer l'endroit où on l'a hallebardé.

— C'est déjà fait. A vrai dire, j'ai pu établir la chose
avant de rattraper le corps.

— Où a-t-il été buté?

— Dans l'escalier, affirme l'Incendie.

— Quel escalier?

— Celui qui donne accès à la terrasse.

J'en reste comme les deux ronds de flan que vous
n'avez pas bouffés le jour de votre crise de foie.

— Tu prétends qu'on l'a tué dans la chambre du
dessous?

— C'est évident. Venez que je vous montre.

Nous redescendons d'un niveau. Mathias passe le
second, non pas sur mes talons, mais sur mes phalan-
gettes.

Il s'arrête à mi-hauteur de l'échelle de meunier.

— Ici! me dit-il. La victime gravissait ou descendait
les degrés. Quelqu'un qui se tenait dans la pièce, à peu
près devant la commode, avec la hallebarbe, lui a
décoché un coup terrible à travers l'échelle. Regardez, il
y a des traces d'éclaboussures contre le mur à ce niveau
et, bien qu'on ait nettoyé l'escalier, du sang est resté
dans les interstices de ce barreau.

J'opine. L'affaire prend un tour nouveau. Jusqu'alors
je pensais que le drame était resté extérieur à l'appartement, et puis non...

Pour lors, me voici plus décontenancé qu'un bidon de
lait sans fond.

— Dis donc, Mathias, si le camarade du haut a
morflé un coup de hallebarde dans le poitrail, ça a dû

souiller la moquette, non? Et ça, c'est pas avec de l'enzyme glouton que tu peux rectifier la situation.

Il me désigne le plancher.

— Sous l'escalier il y avait un tapis. On aperçoit très nettement sa délimitation. Regardez comme justement cette partie de la moquette est plus petite que l'autre, plus neuve...

— On l'aurait retiré?

— C'est certain.

— Parfait. Tu viens grandement de déblayer le terrain, mon canard. Je vais te charger d'un dernier petit turbin, ensuite de quoi tu pourras retourner chez toi faire un gosse. Les bébés conçus de nuit sont de loin les meilleurs.

Il a un petit sourire confus, Mathias. Des gosses, il s'en paie un par an, en moyenne, et même davantage, car il a des jumeaux dans sa collection.

— Que désirez-vous, monsieur le commissaire?

— La hallebarbe, mon chéri. On ne trimbale pas ce genre d'outil avec soi, sauf lorsqu'on est suisse d'église ou qu'on joue « Marie Stuart et son hommelette de François II » à la Comédie-Française. L'arme du crime a été « improvisée », si je puis m'exprimer ainsi. Elle se trouvait donc dans l'appartement. Déniche-la-moi, elle ou sa trace si on l'a fait disparaître.

Ayant donné mes directives, je m'assieds sur le plumard des donzelles pour explorer le portefeuille. En réalité, il s'agit d'une simple pochette ouverte sur deux côtés, à l'intérieur de quoi se trouvent une carte d'identité et un permis de conduire au nom de Vladimir Kelloustik, né à Lodz, Pologne voici une trentaine d'années et domicilié à Paris rue des Francs-Bourgeois. Je déniche en outre un reçu de lettre recommandée et la photographie d'une jeune femme blonde et triste tenant un bébé sur ses genoux.

Me voici plus tracassé qu'un montreur de marionnettes qui aurait des morpions. Un vrai seau de goudron, mes enfants. Bien chaud, bien noir, bien fumant !

On se paie le petit résumé d'usage pour tenter d'y voir un peu plus clair et d'un peu plus près ?

Deux braves gougnes vivaient en paix.

Fable ! Elles vivent confortablement dans un luxueux duplex de l'île Saint-Louis.

L'une (qui est le l'un du couple) est un personnage connu, gagnant largement sa vie avec sa musique. L'autre une jeune fille intéressante et travailleuse.

Un soir, en prenant l'air sur sa terrasse, cette dernière, (selon ses dires), découvre sur le toit le cadavre d'un homme qu'elle connaît de vue.

La victime ? Un Polonais de Paris qui fut plus ou moins compromis dans une histoire de faux talbins et qui hante l'île, avec un chevalet comme paravent.

Au lieu d'appeler au secours, que fait la brave jeune fille ? Rien.

Vous avez bien lu ? Attendez, ne cherchez pas vos besicles, on va vous l'écrire en majuscules. RIEN !

Elle garde pour elle cet étrange secret. Et elle attendra 48 plombes sans rien faire ni rien dire. Insensé, hein ?

Mais le mort commençant d'empester le quartier, elle se décide et tente de timides démarches du côté de la maison Pébroque.

Extrêmement timides, ces démarches, puisque la frite de mon collègue Martini ne lui revenant point, elle ne lui parle de rien. Si elle me met sur la voie, moi, c'est vraiment en rechignant, en minaudant presque !

De plus en plus saugrenu, dites, mes fils !

Bon, le tohu et le bohu policier se mettent en branle et le roi du Labo découvre en un temps record :

1) que Vladimir Kelloustik a été trucidé avec une hallebarde.

2) qu'on l'a buté dans la maison.

3) qu'on a nettoyé les lieux après le meurtre et fait disparaître un tapis vraisemblablement très ensanglanté.

Notons que les deux occupantes de l'appartement prétendent tout ignorer du drame.

Malgré tout, Rebecca déclare que ça se gâte lorsqu'elle entend Pinaud alerter le labo et se sauve en pleine nuit, après avoir recommandé à ses copines d'amuser les roussins pendant qu'elle les met.

Vous avez quelque remarque pertinente à faire ? Des suggestions à proposer ? Non ?

Le contraire m'aurait surpris. Votre passivité est un monument au pied duquel je m'obstine à déposer les fleurs de mon imagination. Mais les fleurs se fanent et pourrissent tandis que le monument reste de marbre. Enfin, on s'aime bien quand même, non ? Ça vient de la parcimonie de nos relations. On fait pas cul et chemise, vous avez remarqué ? Je suis une chemise de fantôme, moi. Je ne fais que des apparitions. Voyez-vous, drôlesses, drôlets, pour pouvoir aimer les gens de façon durable, il ne faut pas cesser de les voir pendant trop longtemps, et surtout ne pas les voir beaucoup.

Question de dosage.

La vie appartient à ceux qui savent doser.

J'en suis là de mes réflexions (et j'en suis las) lorsque deux personnages font leur entrée. Il s'agit de dame Pinaude et de la femme Bérurier.

Vous connaissez la fameuse scène des bourgeois de Calais ? Pour illustrer la soumission, on a jamais trouvé plus expressif. En limouille, la corde au cou, pieds nus, avec la clé des cagoinsses à la main.

La mère Pinuche, c'est le sosie d'Eustache de Saint-Pierre. Mézigue, j'interprète Edouard III, Berthy joue les cinq autres bourgeois à elle toute seule. Ces dadames viennent faire amende honorable. Pantelantes de confusion. Liquéfiées par le remords. Trébuchant dans leur honte.

Ce revirement est dû à Nini qui s'est fait reconnaître. Prendre pour un bordelier un compositeur célèbre ! Georges Campary, l'unique ! Le magicien de l'oreille ! L'auteur admirable de ce cantique en faveur dans toutes les manécanteries de France, de Wallonie, de Romandie, et du Québec et que je cite pour mémoire :

> *Les saints et les anges*
> *Comme le voisin du dessus*
> *Quand ça les démange*
> *Se grattent le trou du c...*
> *Avé*
> *Avé*
> *Avé le petit doigt*
> *Avé*
> *Avé*
> *Avé le petit doigt* (1).

(1) En réalité, dans la version originale de Georges Campary, à la place de la strophe « *Comme le voisin du dessus* » il y a « *Et même le petit Jésus* ». Mais le catholique romain que je suis se refuse à admettre que le fils de Dieu puisse être affecté de démangeaisons anales ; d'où cette variante de mon (trou du) cru.

Il leur a tout expliqué en détail, Nini ! Le mort sur la terrasse ! Mon enquête ! Le branle-bas de combat ! La fuite de sa petite chérie !

Et les deux compères Béru-Pinuchet se sont empressés de renchérir. Je les ai mobilisés vingt-quatre heures sur vingt-quatre, les pauvres lapins. Plus une vie, ce métier ! A peine que rentrés at home voilà que je les sollicite à nouveau, bourreau de poulet que je suis.

Ils ont pris Mathias à témoin.

Mathias, bonne âme, a renchéri !

On a échangé des paroles d'honneur à l'étage au-dessous.

On s'est juré des fidélités !

On s'est demandé des pardons ! On s'en est accordé.

Du coup, la situation s'est retournée comme une peau de lapin mise à sécher. Berthe a soudain fait figure de folle sanguinaire ! On lui a démontré qu'il y aurait peut-être des plaintes déposées pour voies de fait sur ces braves filles innocentes, injustement molestées et injuriées.

Accablée, elle se repent.

Se répand !

Demande pardon, de-ci de-là, à eux, à moi, à tous. Et madame du Pinaud la harcèle sournoisement, lui détricote le moral, lui fiche des perfidies dans la détresse. « Il est regrettable, ma chère, que vous ne puissiez vous contrôler. Vous vous livrez à des extrémités affligeantes. Vous devriez consulter pour vos nerfs... »

Berthy chiale une peine de vache laitière en essayant de plaider les circonstances atténuantes. La jalousie qui l'a égarée. Elle a été abusée par l'équivoque de la situation. Faire ça chez un *monsieur* aussi gentil que

Georges Campary. Un *homme* de ce talent, de ce renom. Si plein d'égards. Et qui pousse la mansuétude, la simplicité jusqu'à la consoler de ses forfaits. Elle traînera sa honte jusqu'à la tombe.

— Je veux réparer, déclare-t-il enfin. On va vous aider, monsieur le commissaire.

— A quoi faire, ma bonne amie? demandé-je en lui celant son importunance.

— A enquêter! déclare la gaillarde.

— Pardon?

— On vient de décider ça, moi et Mme Pinaud. Nos deux bonshommes tombaient de fatigue. Et puis, avec la rouste que je leur ai foutue, ils sont plus bons à nibe pour un temps. Mon Gros sucrait les fraises. Pinaud se rappelait même plus de son prénom. Alors on les a renvoyés se pieuter et c'est nous qu'on les remplacera. D'ailleurs, en ce dont qui me concerne, cher ami, j'ai toujours souhaité mener une enquête. La femme a des dons que l'homme possédera jamais. Un surtout : le flair! C'est dans sa nature : elle sent les choses! Bref, on saura vous montrer nos capacités. Par quoi on commence?

« Par me foutre la paix », suis-je sur le point de tonner. Mais moi, vous me connaissez? Tout bipède qui ne trimbale pas une paire de testicules en ordre de marche a droit à ma galanterie empressée.

Au lieu de rebuffer, j'ergote. J'assure que je ferai-bien-tout-seul. Que notre job n'est pas exerçable par ces êtres tout de fragilité et de délicatesse que sont les dames. A preuve : il y a des femmes juges, des femmes chauffeurs de taxi, mais pas de femme policier. Pour la circulation, un peu, si, à la rigueur, mais seulement dans les quartiers tranquilles, aux carrefours bourgeois, à l'orée des écoles maternelles.

Berthe me coupe le sifflet.

— Pas de chichis entre nous, San-Antonio. On a décidé de remplacer nos hommes, on les remplacera, *un point c'est tout !*

Oubliant déjà son humilité, elle ajoute, les poings aux hanches, la mini-jupe retroussée, les sacs à laitance surgonflés :

— Bon, il est où est-ce, ce macchabée, *qu'on commence ?*

Tandis que mes *adjointes* examinent la dépouille du sieur Kelloustik, Mathias fait retour nanti d'une hallebarde damasquinée de la lame et passementée du manche.

— Triomphe sur toute la ligne, fils, tu as déjà trouvé l'arme du crime ! applaudis-je.

— Non, soupire-t-il. C'est bien une hallebarde, mais pas la bonne.

— Tu es sûr ?

— Tout à fait. La lame ne correspond pas à la blessure et, depuis trois cents ans au moins, n'a jamais été souillée de la plus petite goutte de sang. Je viens, par acquit de conscience, de lui appliquer le test de Bougnazal ; il est formel.

— Où as-tu dégauchi cette rapière, Gars ?

— Dans la petite loggia située entre les deux étages. Elle trônait parmi d'autres armes d'époque.

— On l'aurait mise là pour remplacer l'autre, selon toi ?

— Il semblerait !

Je promène un index rêveur (ce sont les plus délicats) sur les arabesques incrustées dans l'arme. Jadis on

MOI, VOUS ME CONNAISSEZ ?...

s'étripait de manière artistique. On avait le souci
d'embellir la mort. Ou alors, les aïeux prévoyants
marnaient pour les antiquaires d'aujourd'hui.

— Ça va, Mathias, je n'ai plus besoin de toi.

— Je dois faire déblayer le client ? questionne l'Ensoleillé de la touffe en montrant le plafond.

J'hésite.

— Oui, tu peux : profitons de la nuit pour agir
discrètement.

Il me serre une poignée de viande avec os et se casse.
Je descends rejoindre Nini. Elle tète un havane plus
mastar que les autres. Le Béru du cigare ! Son module
lunaire ! La fumée en est ferroviaire et plus odorante
que toute La Havane. Ses copines se sont barrées et
l'ogresse médite sur ce qu'Alexandre-Benoît appelle les
« aliénas » de l'existence. Rien de folichon. L'heure
blafarde augmente les angoisses. La nuit les chats sont
gris et les pensées idem. C'est d'ailleurs à cause de ces
pensées grises que tant de gens se noircissent.

En me voyant rabouler avec sa hallebarde, elle plisse
son front génial.

— Tiens, ricane-t-elle, parodiant Fernand Raynaud,
voilà l'hallebardier !

Je dirige la pointe de l'arme vers le compositeur à
succès.

— Il y a longtemps que vous possédez ce cure-dent,
Nini ?

— Pff, des années... Et même davantage, c'était un
bijou de famille. Mon vieux collectionnait ce genre de
truc.

D'un geste tellement sec qu'il conviendrait de l'humi-
difier, j'arrache le fer de son manche. L'opération est

fastoche car le premier n'était pas très bien arrimé au second.

— Hé ! cassez pas le matériel, mon vieux, rouscaille Nini. J'ai eu assez de bris de meubles comme ça, ce soir !

Je fais miroiter la partie tranchante de l'arme sous les yeux de mon interlocutrice.

— Vous m'avez prévenu que vous étiez miro, camarade, aussi je vous supplie d'avoir l'obligeance de regarder attentivement, très attentivement ce bout de ferraille.

Elle obtempère. La voici qui tripote la lame en se la collant à bout portant des vaistas.

— Mais ! Mais ! exclame-t-elle...

— Plus la même, hein ? Seul le manche est pareil. On a changé la broche à faire reluire les intestins.

— Exact, convient le fameux auteur de « Si tu t'en vas, ne te trompe pas de brosse à dents ». Je me demande bien qui a opéré cette substitution et pourquoi.

— Je dois pouvoir fournir des réponses valables à ces deux questions, assuré-je. A présent, parlons du tapis qui se trouvait dans votre chambre et qui n'y est plus.

Sa stupeur va croissant, comme disent les pâtissiers turcs.

— Comment diantre savez-vous qu'il y avait un tapis dans notre piaule ?

— Mon infernal petit doigt de flic...

— Effectivement, nous avons un tapis.

— Qui se trouve où ?

— Chez le teinturier. Il y a trois ou quatre jours cette idiote de Rebecca a renversé un encrier dessus.

Tiens donc !

En voilà une, mes amis, je donnerais la vertu de votre

grande fille, plus le soutien-gorge de votre belle-mère,
pour la récupérer d'urgence. Dire que je l'avais sous la
main et que je l'ai laissée s'envoler comme une perruche
dont on nettoie la cage ! Pas fiérot, le San-A. En matière
de police, des couenneries pareilles sont inexcusables.
Généralement, ceux qui les commettent se retrouvent
dans la filature privée avant l'âge de la retraite. Elle m'a
mochement chambré, la friponne, avec ses simagrées de
donzelle effarouchée. Pendant que je me posais des
questions à son sujet, elle, elle me posait un lapin.

Enfin, on se retrouvera !

Je lève la main droite et je le jure sur la tête
chercheuse de ma fusée opérationnelle Terre-Lune.

— Ainsi donc, soliloqué-je, la lame de votre hallebarde familiale a disparu, le tapis de votre chambre a
disparu et Rebecca a disparu. Ça fait beaucoup, vous ne
trouvez pas ?

— Parlons net, grommelle celle qui ne prend pas les
chats pour des cons, vous estimez que mon amie est
mêlée à cette sale histoire ?

— Pour répondre net, oui ! lui dis-je. Je ne prétends
pas qu'elle ait bousillé ce type, mais ce dont je suis sûr,
c'est qu'elle a aidé l'assassin.

Mon entrecutrice ne répond pas.

Confondue. Chagrine... Elle va nous composer un de
ces requiems à côté duquel celui de Mozart ressemblera
à la « Petite Tonkinoise ». Les grands tourments inté-
rieurs facilitent la création artistique. Le malheur est à
l'art ce que le fumier est à la culture maraîchère.

La redescente de mes deux « extra » ramène un
semblant de vie dans le regard exténué de Mme Ecartefi-
gue. Visiblement, Berthe Bérurier la commotionne.

Elle est sensible à la puissance de cet être d'exception.
Faut admettre qu'il émane de la Baleine une sensualité
animale. Elle est fumante comme un frais labour,
Berthaga. Son insolence hardie, ses volumes tonitruants
forcent l'admiration.

La voilà qui s'approche de Nini et lui donne une
caresse voyouse sur la nuque.

— Inquiétez-vous pas, mon gars, déclare la Bérurière, on est sur la bonne voie et on te va vous arranger
vos gamelles. Faites pas c'te triste bouille, Garnement,
ajoute la chaleureuse, qu'après vous allez nous composer des marches funéraires.

Elle hésite, puis roule une galoche vorace à Nini.

— Quand un homme désempare, fait-elle ensuite sur
un ton d'excuse, je voudrais pouvoir le réchauffer dans
mon sein comme un oiseau tombé du nid.

La Terrific chasse sa délicate métaphore d'un geste de
bouchère débitant l'escalope.

La réalité commande. Elle sait bien, la vaillante
Guerrière, que l'attendrissement est un frein.

— C'est pas le tout, soupire-t-elle en laissant filer du
regard moite dans son intonation, Mâme Pinaud, vous
avez fait part de notre découverte au commissaire ?

— Pas encore ! grince la vieille girouette.

Déjà professionnelle, la suppléante m'attire à l'écart.

— Voilà ce que nous avons trouvé dans la bouche de
cet affreux cadavre, dit-elle.

Elle ouvre sa main gantée de fil gris et me propose un
bouton de blazer cousu de fil blanc. Le bouton est en
métal argenté orné d'une ancre marine en relief. Je
considère l'objet d'un œil incrédule.

— Dans sa bouche ! hébété-je.

— Ça brillait sur le côté, on aurait dit une dent de métal...

M'est avis qu'il a un peu bâclé le turbin, Mathias. Probable qu'il était mal réveillé ou déjà rendormi. Faut reconnaître que sur cette terrasse obscure, il n'était pas équipé de première.

Dites, elles sont pas si locdues que ça, mes nouvelles coéquipières, après tout.

DEUXIÈME PARTIE

CHAPITRE PREMIER

BANG !

On ne peut pas se gourer : y'a qu'un seul bijoutier à Saint-Franc-la-Père.

Et il tient effectivement boutique Nouvelle Avenue du Général-de-Gaulle.

Pour aller à Saint-Franc-la-Père, vous ne pouvez pas vous tromper : c'est tout droit pour commencer, ensuite vous tournerez quatre fois à droite et vous recontinuez tout droit jusqu'à ce que vous obliquiez sur la gauche. D'ailleurs c'est indiqué sur la Nationale.

Saint-Franc-la-Père est une charmante localité vieillotte alanguie autour de son église romane de toute beauté. Sur les guides elle est signalée par une tête de mort, l'église, c'est vous dire (1) !

La montre-bracelet de deux mètres servant d'enseigne à la bijouterie indique qu'il est une heure moins dix lorsque j'arrête ma calèche devant le magasin.

Chemin faisant, j'ai expliqué à mes deux participatrices l'objet de ce voyage nocturne, et elles discutaillent de l'affaire en termes vigoureux, ces dadames. Construi-

(1) Je vous rappelle qu'une tête de mort, sur un guide, ça veut dire : « Mérite un accident de voiture. »

sent une version des événements qui, mon Dieu, en
vaudrait une autre, si j'en avais une autre. Selon elles,
Rebecca doublait son mari (car elles continuent de
considérer Nini comme un homme et moi, histoire de
m'amuser, je les laisse se confiner dans leur berlue).
Vladimir Kelloustik a voulu la faire chanter et elle l'a
tué d'un coup de hallebarde. Après quoi, elle a tenté de
faire basculer le cadavre dans la cour pour s'en débarrasser ; malheureusement, un crochet de gouttière a
stoppé la culbute du vilain. La gosse a attendu, se
demandant comment s'en tirer. Elle a évacué le tapis
sanglant et remplacé la lame meurtrière par une autre à
peu près semblable trouvée chez un antiquaire... Et
puis, comprenant qu'il fallait à tout prix « faire quelque
chose », elle s'est décidée à me mettre tout doucettement au parfum.

Leurs élucubrations offrent le mérite de m'aider à
réfléchir. Elles servent de support à ma propre gamberge. C'est une toile nantie d'une couche de fond sur
laquelle il fait bon peindre.

Ainsi, lorsqu'elles décident ingénument que Rebecca
a tué Vladimir et l'a jeté par-dessus la barrière, le San-
A. démarre illico sur ce canevas et vagabonde du
ciboulot. Il se dit qu'il y aurait au moins deux personnes
sur les lieux du meurtre puisque *le Polak a été cigogné
dans l'appartement et non sur la terrasse*. Un homme
seul, même très fort, n'aurait pu le hisser sur cette
dernière, car l'échelle de meunier est abrupte et la
trappe assez étroite. Il était donc nécessaire qu'une
personne tire et qu'une autre soutienne le mort. Vous
pigez, bande de sclérosés ?

Ah ! fasse le ciel (et ma perspicacité) que je retrouve

la petite conne ! Je me charge, comme disait Lamartine, de lui tirer les vers du nez.

Il s'appelle Jean Naidisse, le bijoutier de Saint-Franc-la-Père. Son blaze est écrit en anglaise dorée sur la vitre de sa boutique. On le voit scintiller à travers la grille noire. N'apercevant pas de sonnette, je décide de le héler. Seulement, histoire de ne pas le paniquer, c'est Berthe que je charge de cet exercice vocal, une voix de femme étant plus rassurante qu'un organe masculin.

La Gravosse descend de chignole et se campe sur l'étroit trottoir pour bramer des « M'sieur Naidisse ! » qui illuminent rapidement toute la rue.

Mme Pinaud contemple sa « collègue » dans la lumière dorée de mes phares.

— On se demande ce qui lui passe par la tête pour s'habiller ainsi, chichigne la Vioque. Ma parole, elle se prend pour une jeune fille !

— Elle l'est de cœur, ma chère amie, soupiré-je. L'innocence est une jouvence.

C'est vrai qu'elle a une drôle de dégaine, Berthy, dans son accoutrement. Avec sa mini-jupe, ses cuissots monstrueux, sa poitrine à la débandade, sa chevelure décoiffée, sa trogne constellée de verrues angora, elle ressemble à du Gus Bofa.

Une croisée s'illumine, puis s'ouvre au-dessus de la bijouterie et un bonhomme effaré joue au baromètre suisse au risque de se défenestrer. Il a une tronche à annoncer la pluie, Jean Naidisse à Saint-Franc-la-Père. Un instant plus tard, lorsque sur mon injonction (de coordination) il délourde la petite porte jouxtant celle de son magasin, le plan américain que j'ai de lui me confirme la chose. C'est la navrance vivante ! La cruauté du sort faite homme ! Le ratage déguisé en bijoutier de banlieue. Imaginez un quadragénaire déplumé et grisâtre, avec du mou dans la maigreur et de l'abandon sur les livres. C'est une espèce de brouillon de vieillard ! Un projet de cadavre ! Son œil gauche, écarquillé par l'usage prolongé de sa loupe d'horloger, a l'air non seulement artificiel, mais de surcroît mal imité. Des plaques d'origine plus ou moins eczémateuse le marbrent. On dirait qu'il n'a jamais été enfant. Qu'il est né comme ça, qu'il n'a pas pu le devenir.

— Monsieur, oui ? On me demande ? Que me veut-on ? C'est à quel propos ? Il y a un malheur ? J'ai fait quelque chose ? bavoche le pauvre bonhomme dans une langue qui est plus du moribond ancien que du français moderne.

Je l'achève.

Faut achever les agoniques, par tous les moyens. L'euthanasie, ça aide à vivre.

— Police !

Alors il perd pied. Il en perd un... Se balance sur l'autre. L'horloger est devenu pendule. Son regard est blanc comme un cadran, ses yeux menus indiquent huit heures vingt.

— Vous l'avez retrouvé ? demande-t-il dans un zéphyr.

— Qui ça ?

— Eh bien, mais... Charles, mon fils ?

Il éternue.

— Entrons, dis-je, vous allez prendre froid.

Je le refoule avec une douce autorité. Il recule dans un vestibule jaunâtre, encombré de plantes vertes dont les cache-pot s'étagent sur des rayons disposés à des niveaux différents. Pour suivre ce couloir botanique, faut avancer de profil. On gagne ainsi un salon médio-

cre, aux murs moins joyeux que ceux d'une pissotière.
Des sièges cannés et des meubles infâmes encombrent la
pièce.

— Pourquoi me demandez-vous si l'on a retrouvé
votre garnement? demandé-je en m'asseyant.

— Mais, parce que... enfin, étant donné les circonstances, je me demandais...

Je devrais éprouver quelque compassion pour ce père
meurtri. Au contraire, il m'énerve. Son affliction
écœure. Certaines peines ressemblent à des cancrelats.
On a envie de les écraser.

— Quelles circonstances?

— Ben, Charles s'est évadé, n'est-ce pas?

— Quand?

Il ne pige plus. Ma qualité de poulardin l'a branché
sur une fausse piste.

— La semaine dernière... Il s'est sauvé du tribunal...

Tiens, je me rappelle confusément avoir lu ça dans la
presse. Quelques lignes à la trois. Un dévoyé qui passait
en correctionnelle...

— Je pensais que vous l'aviez arrêté, conclut le
bijoutier.

— Je ne viens pas pour Charles.

Un peu de bonheur détend sa bouille dévastée.

— Vraiment?

— C'est votre belle-sœur qui m'amène.

— Marcelle?

J'ai une fraction d'hésitation, puis je me souviens que
Rebecca se prénomme Marcelle et j'acquiesce.

— Oui, Marcelle. Je veux la voir d'urgence.

— Comment ça, la voir? Elle n'habite pas ici!

On lit clairement sur sa cerise qu'il dit vrai. Je me suis

payé des illuses en espérant que la fugitive est venue
chercher asile à Saint-Franc-la-Père.

— Elle habite l'île Saint-Louis, reprend le navré,
avec...

— Georges Campary, je sais. Mais elle en est partie
pour venir vous voir, du moins je le suppose.

Il secoue la tête.

— Non! Non!

— On va s'en assurer! dit la voix péremptoire de
B. B.

Elle m'a suivi, l'Ogresse. Campée dans le couloir, elle
assiste à la scène d'un œil critique.

— Mais puisque je vous affirme ne pas l'avoir vue!
éplore l'horloger.

Sur quoi, dame Berthoche s'avance sur lui comme un
chasse-neige dans la tourmente.

— Les affirmances d'un type que son fils est un évadé
de prison, je m'en torche! déclare-t-elle sèchement.
Sans rire, on irait où est-ce si on prêtait attention aux
mensonges des éleveurs de gibier de poterne!

L'autre blêmit de plus en plus sous l'insulte.

— Mais, madame!... bredouille-t-il.

Une mornifle administrée comme un revers de
raquette lui fige ses protestations dans le râtelier.

— La boucle, je vous prie, hé, vieille tarte! Sans
blague, ça se permettrait de protester avec un garnement en cavale! Ça pousse son môme au crime et ça
plastronne comme un pou dans la chevelure d'une
Suédoise!

— Calmez-vous, ma chère Berthe, interviens-je vivement, soucieux d'éviter une nouvelle hécatombe.

— Oh, n'ayez crainte, s'empresse la Baleine, je suis
très calme, seulement je déteste les bonshommes qui

jouent les affranchis. Que ce gredin roule les mécaniques devant nous, en ayant un fils bandit et une belle-sœur assassine, qu'est-ce vous voulez : ça me révolte !

— Ma sœur, un assassin ! balbutie une voix semblable au bruit que ferait un moulin à poivre empli de plombs de chasse.

La bijoutière vient de surgir. C'est pas un bijou. Pas même un cadeau ! Elle est décharnée, anguleuse, sous sa robe de chambre de pilou rouge. Ses cheveux ternes pendent le long de sa figure comme les tentacules d'une pieuvre morte. Ses dents supérieures avancent considérablement au-dessus de son menton crochu et elle ne possède pas suffisamment de lèvre pour les recouvrir.

La pauvre femme doit souffrir d'une laryngite, si j'en juge à son timbre caverneux.

Elle nous enveloppe d'un regard désastré qui ressemble aux regards de certains clowns dont le maquillage est très épais.

— Tiens, v'là aut' chose ! gronde Berthe en l'apercevant. La maman du petit gredin, je suppose ? Quelle famille ! Surveillez-moi ce joli monde, San-Antonio, du temps que je vais fouiller leur repaire. Des bijoutiers mon cul, si vous voudrez le fond de ma pensée. Ça sent le receleur dans cette taule !

La bijoutière s'indigne.

— Vous n'avez pas le droit de nous insulter ! Pas le droit de perquisitionner chez nous sans mandat ! Pas le droit de...

— Ah, mouais ? la toise Berthe. Continuez, vous m'intéressez ! Si, si, continuez qu'on se marre un grand coup ! Pas le droit ! La police ! Pas le droit ! Chez des ganstères ! Pas le droit ! Et si on les arrêtait, commissaire ? Dites ! Ce serait pas pain bénit ? Tous les deux, comme otages, en attendant qu'on retrouve leur gamin et la frangine ! Ça nous ferait quèque chose à guillotiner en cas de besoin ! Passez-leur-z'y donc les menottes ! Tout de suite, je vous conjure. Ne serait-ce que pour m'être agréable ! Des loustics de c't' acabit, qui te vous narguent et te viennent vous causer de leurs droits, faut pas leur avoir la moindre compassion. M'étonne pas que leur môme soye devenu une graine pareille. Tel père, tel fils, comme on dit dans la Bible. C'est comme bijoutier, je vous demande un peu... Vous parlez d'un exemple pour un enfant ! Toujours à lui faire miroiter des ors et des pierreries sous le nez depuis qu'il est au monde ! La loi devrait interdire ! Exciter les penchants d'un gamin de la sorte, y a de l'abus ! Ça a un nom, hein ? Incitation au débauchage si je me trompe pas ? Les menottes, je vous prie !

J'ai grand mal à apprivoiser la mégère. Les fonctions qu'elle s'est octroyée pour la nuit lui montent au ciboulot. De sauvages instincts qui macéraient dans sa graisse se dégagent brusquement et s'épanouissent. Aussi dois-je monter le ton et montrer mes gros yeux pour lui juguler les outrances. D'un pas ulcéré, Berthe s'évacue dans l'appartement des bijoutiers pour s'assurer qu'il est parfaitement vide.

Ouf ! Enfin seul avec le triste couple. Ça se voit comme la tour Eiffel qu'ils sont victimes d'un sort mauvais, les pauvres diables. Le malheur leur perle aux pores de la peau comme de la sueur. Ils marinent dans les afflictions depuis longtemps, toujours peut-être ? Des paumés originels, des pas-de-bol à vie ! La pétoche s'est collée à eux une fois pour toutes, les parasite, pompe leurs dernières énergies, ronge leurs ultimes espoirs.

— Pardonnez le numéro de l'Ogresse, leur dis-je en souriant, sa présence ici serait trop longue à vous expliquer. Elle est gueularde mais pas méchante.

— Qu'est-il ENCORE arrivé? soupire la dame à la voix sépulcrale.

Son « encore » résume la persévérance de leurs déboires. Deux navigateurs de la merde, ils sont! Cap sur la pommade! En avant toute! Bon vent, les gars! Au cassoulet...

— On a trouvé le cadavre d'un homme sur la terrasse de votre sœur...

J'ai de la peine à dire « votre sœur ». Elles se ressemblent si peu. L'une est jeune, appétissante. L'autre déjà vieillotte et pas regardable. Elles ont autant de points communs qu'une pêche non cueillie et la couenne de lard jaune fiché dans les dents d'une scie.

— Car Marcelle est votre sœur, n'est-ce pas?

— Ma demi-sœur...

Ah bon, c'est déjà ça de récupéré.

— Je l'ai pour ainsi dire élevée, explique la bijoutière. Vous dites, un cadavre d'homme sur leur terrasse? C'est affreux.

— Pendant nos investigations, tout à l'heure, votre sœurette s'est sauvée.

— Comment, sauvée?...

— Elle a dit à des amies que « ça se gâtait », ce sont ses paroles. Puis elle a décroché son manteau et elle est partie précipitamment.

« En pleine nuit, j'ai pensé qu'elle viendrait chercher refuge chez vous. »

— Non, non, glapouille le bijoutier. On ne l'a pas vue, n'est-ce pas, trésor?

Trésor! Je vous jure, y a que des gus pareils qui

peuvent se permettre de tels sobriquets. Il est dans une
vieille chaussette, le trésor.

— Vous n'avez reçu aucun coup de fil d'elle ? insisté-
je.

— Absolument pas !

Je les regarde, très maître d'école cherchant à percer
le mensonge dans sa classe. Ils semblent éperdument
sincères.

C'est alors qu'il se produit quelque chose, mes fieux.
Dans la fliquerie, ce qui nous aide beaucoup, c'est le
hasard, la complicité des événements. Combien de fois,
lors d'une enquête, ai-je rencontré, oui, bêtement
rencontré, l'individu que je coursais. Seulement allez
donc bonnir ça dans un livre... Vos lecteurs vous le
fileraient à la frime en vous traitant d'imposteur, de
dégénéré, de constipé du bulbe, de truqueur anémié et
autres... Ce qu'il leur faut, c'est du *Légo* bien assemblé.
De la pièce montée très hardie. Des rebondissements !
Surtout des rebondissements. Un cadavre à la fin de
chaque chapitre. Que ça chancelle dans leur compre-
nette. Ils aiment se faire embrouiller la pensarde. Alors
tu parles, si tu leur déclares que tu cherches Césarin
pour une question de vie ou de mort et que tu leur
annonces qu'il est assis au café de l'Univers, en bas,
devant un diabolo grenadine, ils crient au méchant
scandale. A l'abus d'incrédulité ! Ils te répudient.

En vertu de ce grand principe, moi, dans ma conjonc-
ture ci-dessus, je devrais m'écraser. Pas moufter à
propos de l'incident. Faire comme si de rien n'était.
Mentir par omission, c'est pas du vrai mensonge, mais
de « l'aménagement ».

Seulement moi, vous me connaissez ? Brèmes sur
table, toujours ! Les yeux dans les yeux avec mon

lecteur. Entre lui et moi, c'est une question de confiance. La vérité pleine et entière ! Il sait que je ne lui filerais pas un morceau de bout dè détail qui ne soit rigoureusement exact, contrôlable. Je n'ai pas le droit de biaiser. Les galoups, je les laisse aux petits besogneux chétifs. Aux faux marles qui, croyant vendre du vent (et s'en vantant) ne vendent en fait que des pets.

Au moment même où le marchand de grigris m'affirme que sa belle-sœur n'a pas téléphoné, le bignou carillonne dans l'appartement. Il a une drôle de voix, leur bigophone aux joncailleux. Une voix qui va avec les leurs.

Grelottante, fêlée, exténuée. Ça fait sonnerie de petite gare perdue le long d'une voie très secondaire dont la suppression n'est qu'une question de jours.

Ils sursautent.

Je les estimais au bout de la blêmissure. Complètement décolorés.

Eh ben non : ils réussissent à pâlir encore un peu plus. Des morts. Des sujets de cire représentant des morts ! Nuance ! Tout est dans la nuance ! S'exprimer, c'est préciser. Même dans Picasso le poil de cul est présent. Il n'est pas omis, mais interprété : et il continue de friser.

Les marchands de montres n'osent se dévisager.

Un coup de turlu à une heure du matin, chez beaucoup de gens ça ressemble à un début de catastrophe.

Je cherche l'appareil et le découvre sur une console de faux bois représentant du faux marbre. J'hésite. Mais juste pour dire. Puis je décroche et je fais « allô » d'une voix aphone, creuse, basse, profonde.

A l'autre bout, une femme demande précipitamment :

— Je suis chez monsieur et madame Naidisse ?

— C'est elle-même, répond l'impudent San-Antonio.

— Ici Thérèse. Dites, vous avez des nouvelles ?

— Non ! réponds-je...

Il me semblait percevoir un bruit de crécelle, en arrière-plan sonore. Un bruit haché, maladroit.

— Moi non plus, fait Thérèse. Oh, ce que je suis ennuyée, si vous saviez...

— Qu'est-ce qu'il y a ?

— Je vous rappellerai demain, ça urge. Excusez-moi.

Ma correspondante raccroche. Je l'imite. Le couple me défrime avec des airs simultanément apeurés et interrogateurs.

— Qui est Thérèse ? questionné-je.

Je m'adresse tout particulièrement au marchand de bagouzes. Un homme, en général, c'est plus spontané qu'une gerce.

Il secoue la tête.

— Je ne sais pas.

Puis à sa femme :

— Tu connais une Thérèse, toi, trésor ?

— Non.

Sans blague, mais ils me berlurent, ces crêpes ! Dites, la Grosse n'aurait pas raison, mine de rien ? Ce bon ménage d'effondrés ne nous empaillerait pas sur les bords ?

Je me laisse chuter dans un fauteuil qui crie au secours. Je croise mes mains sur mon estomac et considère paisiblement mes hôtes.

— Peut-être n'êtes-vous pas ce que vous avez l'air d'être, après tout, murmuré-je. En ce cas, je vais devoir vous montrer qui je suis, ainsi nous serons quittes. Une femme vient d'appeler. Elle a réclamé Mme Naidisse. Je me suis permis de contrefaire votre voix pour répondre affirmativement. Elle a déclaré alors qu'elle était Thérèse, comme l'aurait lancé un familier et elle a demandé si vous aviez des nouvelles. Vous ne croyez toujours pas ?

Les bijouteux secouent la tête.

— Mais non, c'est à n'y rien comprendre, renchérit la femelle, Thérèse ?

Elle réfléchit (ou fait semblant).

— Non... Je ne vois pas. Thérèse... Ça ne me dit rien. J'ai connu une Marie-Thérèse, à l'école, mais je ne l'ai jamais revue depuis le brevet. Elle n'a rien dit d'autre, cette personne ?

— Si : qu'elle était très ennuyée et que ça urgeait.

— Qu'est-ce qui urge ?

— Je vous le demande.

La bijoutière semble vouloir conclure une alliance avec moi (si je puis dire).

— Ecoutez, graillonne-t-elle après s'être raclé le gosier à plusieurs reprises pour tenter de se décamoter les muqueuses et les ficelles, écoutez, monsieur le commissaire, je vois bien que vous nous soupçonnez de je ne sais quoi. Que vous nous prenez pour des menteurs... Il ne faut pas. Nous avons un malheureux enfant qui a mal tourné. Tout petit il avait des instincts pervers et ne se comportait pas comme les autres. On l'a montré à des docteurs, des neurologues... Aucun résultat. C'est pas notre faute. Oh, que non. Une année je l'ai même emmené à Lourdes, pour voir... Nous sommes d'honnêtes gens, monsieur le commissaire, tout le monde vous le dira dans le pays. Nous portons notre croix le plus vaillamment que nous pouvons. Si nous vous affirmons que ma sœur n'est pas venue ce soir et n'a pas téléphoné, c'est parce que c'est vrai. Si nous vous jurons nos grands dieux ne pas connaître cette Thérèse, c'est encore parce que c'est la vérité. J'ignore ce qui a pu se produire chez ma sœur et ce que vous cherchez, toujours est-il que nous ne savons rien et que vous perdez votre temps ici !

— Pas sûr ! déclame la célèbre Berthagoche en réapparaissant avec un maximum d'effets théâtraux.

— Vous avez trouvé quelqu'un dans l'appartement, ma chère amie ? m'empressé-je.

— Pas quéqu'un, quéque chose ! affirme la mystérieuse.

Son regard vorace flamboie au-dessus de ses bouffissures. Une bride de son monte-charge a dû flancher car une de ses pastèques pend sur la jupette frivole. Ah, la noble guerrière que cette houri ! Moi, y a des moments, je me demande si Jeanne d'Arc ressemblait pas à Berthe dans le fond. Vous ne croyez pas ?

La frêle mômasse de Donrémy, j'ai jamais mordu à bloc. Je la vois plutôt solide truande, miss d'Arc. Mafflue, fessue, nichonnante et altière, forte en gueule, généreuse du derche et franche-buveuse. Jeanne d'Arc, la vérité vraie, c'est qu'elle n'était pas un personnage de Péguy mais de Rabelais. Berthe, je vous affirme ! Terrible, volumineuse, gueuleuse. Crevant hommes et chevaux ! Couchant son adversaire d'une torgnole, passant à la casserole douze mâles ardents et hardant les soirs de bivouac. Une nature ! Son imagerie aurait mieux convenu aux fresques de salles de garde qu'aux vitraux de cathédrales. Un certain aspect de la France, somme toute. Plus vivant, plus généreux que celui qu'on nous a fignolé dans les manuels scolaires supervisés par notre sainte mère l'Eglise. Elle a pas obéi à ses voix,

Jeannette, mais à sa nature bouillonnante. Elle était pas mythowoman, elle était seulement pétardière, c'est-à-dire bien française. Plus tard, quand je serai très schnock, au soir, à la chandelle, je me l'écrirai, ma *Jeanne d'Arc,* comme tout le monde. En trois actes et un tombé. Je la ferai représenter au « Palais des Sports » avec Yvan Rebroff dans le rôle principal. Vous pouvez déjà retenir vos places, la location est open. Mais tout ça, je vous l'ai déjà bonni dans des ailleurs que je me rappelle seulement plus la référence du catalogue. Pardonnez-moi, on a tous ses dadas. Jeanne d'Arc aussi avait le sien !

Donc Berthe, je vous y reviens...

Elle ramène sa main droite de ses fesses à sa face. Un geste de prestidigitateur. Les francforts de la grosse tiennent une photographie.

— Regardez ! barrit la Dubarry du Béru (1).

— C'est la photo de notre pauvre Charles ! lamente dame Naidisse et tendant la main pour reprendre son bien.

Notre Bérurière a une esquive.

— Pas touche ! mugit la moujik amusante (2). Ce document est à verser au dossier !

Je chope l'image. C'est vrai qu'il est marqué par le destin, le fils Naidisse. Une bouille pareille, c'est un label ; elle annonce la couleur. Y a écrit « Prenez garde à la vermine » sur sa frite de gouape. Vicieux, perni-

---

(1) Quel poète, ce San-Antonio, s'il rimait à quelque chose ! Lamartine.

(2) C'est pourtant vrai, ce que disait Lamartine à propos de San-Antonio ! Paul Claudel.

cieux à bloc. On le devine nuisible jusqu'à l'os. Et visiblement, il ne peut *être autrement,* c'est plus fort que lui, que tout! Pas guérissable.

Sur la photo Charles Naidisse monte un solex comme un cow-boy de rodéo grimpe un alezan sauvage. On dirait qu'il vient de le dompter.

Je m'explique mal la jubilation de la Baleine. Elle se pourlèche les paupières, guettant mes réactions, s'étonnant qu'elles tardassent.

— Hein? Hmmm? Eh bien?... gémit-elle de la narine.

Pour elle, c'est une espèce de prise de guerre. Elle a le triomphe du soldat allemand de 40 qui ramenait un régiment français au bout de sa mitraillette, après avoir recommandé aux autres (régiments) de faire la vaisselle en attendant son retour.

Je me perplexe la nénette. Certes il n'est pas inintéressant de contempler cette frime de malfrat dont le cynisme constitue la force de (petite) frappe. Mais de là à pavoiser, à glousser, à se mettre la queue en trompette, à geindre de plaisir, y a un pas, un détroit, un golfe!

— Enfin quoi, nom d' Dieu, vous voyez donc pas! s'emporte Berthe aux grands pieds (1).

— Mille regrets, ma charmante, mais il s'agit d'une devinette je donne ma langue au chat.

— SA veste!

— Qu'est-ce qu'elle a?

— Enfin quoi, nom d' Dieu, vous avez besoin de

_____

(1) Moins singulière que Madame Charlemagne mère qui disait toujours en montrant son panard plus bot que son visage : « J'ai eu un Pépin. »

porter des lunettes! Quand je pense que mon gros lard
d'Alexandre-Benoît ne tarif pas d'horloge sur votre
paire pire qu'à citer, causons-z'en! C'est pas encore
demain que vous surplanterez Chermokolès! Moi, à
vot' place, je rendrais une petite visite aux frères
Lissac.

Fouaillé par les durs sarcasmes de la Monstrueuse, je
bigloche le cliché à m'en faire pleurer les glandes
salivaires.

Et brusquement mon irritation se mue en confusion.
Je sens poindre en moi une certaine admiration pour
Berthe. Confuse et mal acceptée au début, celle-ci croît
et s'épanouit. Bientôt elle rayonne comme un miroir
soleil sur un mur tendu de velours noir.

— Impeccable! soupiré-je.

— N'est-ce pas!

— Vous êtes douée, Berthe.

— Je le savais! répond l'immodeste femme.

Je me tourne vers la bijoutière. Ce que je vais lui
demander est grave, très grave. Si elle répond à ma
question par l'affirmative, il sera à peu près établi
que son fils est devenu un assassin. N'est-ce point
effrayant d'attendre d'une mère ce genre de preuve?
D'user de son innocence? Et cependant le métier
commande.

— Votre fils portait-il cette veste au moment de son
arrestation?

Son instinct la met en garde. Elle hésite. Elle fait une
moue dubitative, presque négative. Mais les bonshommes, vous savez comme ils sont glands? Gaffeurs,
cornards, fougueux, prêts à débloquer dès qu'une
occasion s'offre.

Jean Naidisse a regardé l'image brandie.

— Oui, il égosille ! Son blazer... Oui, trésor, souviens-toi... Son blazer bleu avec les boutons de marine...

CHAPITRE II

PLAOFF !

La guerre des boutons, somme toute !

J'ai réclamé une loupe à l'horloger et, accoudé au marbre de sa cheminée qui ressemble à une entrecôte crue, je compare les boutons du blazer avec celui que ces dames policières ont déniché dans le bec de l'hallebardé.

Aucune erreur n'est possible ! Celui que j'ai en main provient bel et bien du blazer de Charles Naidisse.

Conclusion formelle : le jeune dévoyé se trouvait chez sa jeune tante au moment du meurtre. Intéressant, non ?

Si Berthe était rasée de frais, je l'embrasserais pour sa trouvaille.

— Y' a quelque chose ? demande la bijoutière d'un ton angoissé.

— Ma pauvre dame, soupiré-je en empochant la photographie, je crois que vous n'êtes pas au bout de vos malheurs.

Elle se tasse un peu. Ses cheveux ternes pendent devant son désespoir comme un rideau d'algues séchées.

— Il a fait d'autres bêtises ?

— Je le crains. Si vous avez des nouvelles de votre sœur, téléphonez-moi, voici mon numéro.

Je m'en vais, confusément accablé par l'atmosphère de détresse qui règne chez les Naidisse. Berthe a déjà filé pour raconter ses exploits à la mère Pinuche. Pourtant elle est seule quand, à mon tour, je déboule de la maison.

Les poings aux hanches, la ballerine de la Villette sonde la rue déserte avec une perplexité préoccupante.

— La mère Tatezy a disparu ! m'annonce-t-elle.

Mon incrédulité doit produire de la fumée.

— Que me dites-vous là, Berthe !

— La stridente vérité, commissaire. Voiliez plutôt : la bagnole est vide et l'horizon de même, tante à gauche que tante à droite...

— Se serait-elle impatientée ?

— Foutraise ! proclame l'éléphantasque. Si elle se serait impatientée, elle nous eusse relancés. Où voudriez-vous qu'elle allasse, dans ce bled, en pleine nuit ?

— Un petit besoin à satisfaire, peut-être ? hasardé-je encore, sans grande conviction.

— Petit besoin, mes fesses ! récrie (fort judicieusement) l'orange-outange. Le casier chéant, elle se fusse soulagée sur le trottoir, vu que la rue est vide, ou bien étant de nature chichiteuse, elle eusse demandé le petit endroit chez les gens qu'on était ! Tous les cafés sont fermés et les chiottes publiques ne doivent pas abonner ! Si je vous causais que j'ai un mauvais pressentiment, San-Antonio ?

Comme pour donner de la substance à ces sinistres paroles, une voix (y a toujours plein de voix dans mes livres, comme dans Jeanne d'Arc story. Seulement, elle, c'étaient les voix de la Providence, tandis qu'ici c'est la voix au chapitre) tombe d'un premier étage pas très haut.

Nous levons nos chefs accablés et découvrons un fantôme dans un entrebâillement de volets. Une figure de vieillarde toute blanche, avec des yeux velus, pareils à deux mouches à merde sur une meringue.

— C'est la dame qu'était restée dehors que vous cherchez ?

Je vous parie une rage de dents contre un dentiste hydrophobe que cette taupe vétuste doit passer ses nuits à épier la Nouvelle Avenue du Général-de-Gaulle. Elle sait tout ce qui s'y passe, connaît par cœur les allées et venues des amants, les titubances des pochards, les algarades des couples harassés, les maladies des enfants, les agonies des vieillards, les promenades nocturnes des chiens, les polissonneries des jeunes gens du samedi. C'est la gazette du patelin, sa vigie, son vigile. Son œil !

— En effet, conviens-je, où est-elle passée ?

Au lieu de répondre d'une manière franche et directe à ma question, la chouette embusquée biaise.

Donnant-donnant un tuyau contre un autre... C'est toujours pareil avec les commères de village. On en revient au système élémentaire du troc. Une indiscrétion contre un cancan, une confidence contre un ragot, un sous-entendu contre une allusion. Passe-moi un peu de ta bile, je te refilerai un brin de mon pus. Tape dans mes miasmes et je goûterai à tes cancrelats. On s'entraide les bas instincts. On s'assiste, on se compatit mutuellement. C'est du boulot de collectionneur, seulement, au lieu de philatéler, de copoclépher, de numismater, on bave. On sécrète du secret. Tiens, fume : c'est du perfide ! Et des comme celle-là, tu la savais ?

— Y a du grabuge, chez les Naidisse ? interroge la

vioque. Leur gamin qui a encore fait des siennes, je
parie ?

— Plus ou moins, évasifié-je, conscient de devoir
lâcher du lest. Vous disiez donc, notre amie ?

— Elle est partie. Qu'est-ce qu'il a fait le petit
salopard ? Une attaque à main armée, au moins, non ?

— Pas tout à fait, mais y a de ça. Avec qui est-elle
partie ?

— Avec deux messieurs dans une auto ! Il est toujours en fuite, le Charles, ou on l'a arrêté ?

Cette fois je ne songe plus à composer.

— Il faut que je vous parle ! lancé-je vivement.

— Parlez ! invite placidement la meringue mou-
chetée.

— Ouvrez-moi !

— Sûrement pas. J'ouvre jamais la nuit, à personne.

— Je suis de la police !

— A personne ! réitère la voix. Hein, vous l'avez
arrêté, ce voyou ?

— Pas encore !

— C'est ce que je pensais, parce qu'y me semb' bien
l'avoir vu au volant de l'auto tout à l'heure.

— Une auto comment ?

— Noire, m'a-t-il semblé.

— Quelle marque ?

— Je connais pas les marques.

— Que s'est-il passé ?

— C'est allé très vite...

— Mais encore ?

— La dame était descendue de votre auto. Elle se
tenait à l'entrée du couloir de chez les Naidisse. Je
suppose qu'elle écoutait ce que vous causiez.

— Ensuite ?

— La voiture en question est survenue et s'est arrêtée à la hauteur de la bijouterie. Les deux hommes qui se trouvaient à l'intérieur sont restés un moment sans bouger. On aurait dit qu'ils observaient.

— Et alors ?

— Au bout d'un moment, çui qui conduisait pas est descendu sans bruit et il a couru sur la pointe des pieds jusqu'à la maison de ces pauvres Naidisse. Il a posé une question à la bonne femme. J'ai pas entendu quoi. Il causait bas. Elle, elle a riposté un truc que j'ai pas très bien compris non plus, dans le genre : « Non mais dites donc, qu'est-ce qui vous prend ? » Alors le type a sorti quelque chose de sa poche.

— Quoi donc ?

— J'ai pas vu : il me tournait le dos. La dame a regardé. Ils se sont mis à chuchoter, après quoi elle l'a suivi jusqu'à l'auto. Ils sont montés tous les deux derrière et la voiture a démarré.

— Dans quelle direction ?

— Ben, elle est allée jusqu'à la place Joseph-Staline pour tourner et elle a repris la route de Paris.

— Il y a combien de temps de ça ?

— Une dizaine de minutes.

J'hésite un court moment. Le temps d'alerter les archers de la routière et le temps qu'ils mettent leur dispositif en place, les kidnappeurs de la mère Pinaud auront regagné la capitale.

— Vous savez, reprend la vieille morille blanche, plus j'y pense, plus je suis sûre que le fils d'en face conduisait l'auto.

Berthe n'a pas encore moufté, ce qui est un présage inquiétant. Des femmes comme elle, vaut mieux que leur débit soit régulier. Trop de retenue engendre des catastrophes. C'est Malpasset lorsque se rompt le mur de leur silence. Une inondation prodigieuse. Des cataractes sauvages, à n'en plus finir...

Effectivement, la v'là qui démarre. Elle a mis le grand braquet. Elle a du mal à enrouler au début. Mais la vitesse augmente peu à peu, ça tourne de plus en plus fort, et alors c'est le plongeon étourdissant sur la piste ! Le sprint échevelé, fou, superbe.

La mère Pinaud kidnappée, à mon nez et à ma barbe ! Elle s'y refuse ! Pas admissible ! Et d'abord, POURQUOI ? Hein ? Cette vieille peau tannée ! Cette punaise stratifiée ? Cette prune séchée ! Ce batracien de baptistère ! Cette guenon dévote ! Ce mannequin à hardes ! Cette dame qui pue la cave ! Cette tarte moisie ! Cette chose ! Ce machin ! Ce vieux truc ! Cette personne ! Pourquoi l'aurait-on enlevée, dites ? En-le-vée, comme une petite fille de riche, comme une belle héritière ! C'est pas de jeu ! C'est injuste ! Elle n'est pas faite pour un tel emploi, la nana à Pinaud. Y a abus de rôle ! La Gravosse n'est pas d'accord ! Elle concordera jamais avec pareil événement. Elle le niera. Le décidera nul et non *advenu*. Elle en est jalouse ! Horriblement, furieusement jalouse ! Alors quoi, demain, dès l'aube, à l'heure où blanchit la campagne, la France entière se passionnera pour ce fait divers ? Il y aurait la frite blette de la belette pinulcienne à la une de *France-Soir* et confrères ? La sombre confiseuse de foyer se mettrait à exister pour cinquante millions de Français, elle, la furtive, l'ignorée, la presque finie. De Lille à Menton, de Strasbourg à Biarritz on saurait Geneviève Pinaud ! On aurait connaissance d'elle ! Ses traits obscurs, sa physionomie indécise s'imposeraient à l'actualité ? Et Berthe passerait sous silence ! Ne serait qu'une chose en marge, la cédille d'un petit « c », une humble citation dans le torrent d'un article de tête ! Ah non ! Ah, ouichtre ! Ah, foutre ! Ah, merde ! Jamais ! Never ! Nunca ! Une figurante devenue vedette *par hasard* ! Inconcevable ! Refusé ! Elle s'oppose !

— Mais retrouvez-la donc, au lieu de rester piqué là comme un manche, espèce de manche ! hurle la donzelle dans le silence nocturne de Saint-Franc-la-Père. Agissez ! C'est de votre faute ! On n'emmène pas une vieille peau faisandée « en enquête ». C'est plus de son âge ! C'est immoral ! Vous serez convoqué ! Révoqué ! Emprisonné !

Elle en débite ! Elle fait du foin !

Du raffut !

Elle rameute les meutes !

A la fin je n'y tiens plus.

Pour la toute première fois de ma carrière, je manque de respect à la femme d'un de mes subordonnés.

— Ta gueule, grosse vache ! explosé-je.

Elle en reste baba. D'une bourrade, je la propulse vers ma bagnole.

* * *

Je roule à tombeau écarquillé.

Qu'espéré-je ?

Je ne sais.

Où vais-je ?

Je l'ignore.

Simplement j'agis vite ! La sarabande de mes idées folles heurte les parois de ma tronche, y déposant une couche crémeuse qui, progressivement, en amortit le sac, le ressac et l'havresac.

Un mort sur une terrasse... Marcelle-Rebecca affolée... Elle sait que son neveu a trempé dans cette histoire, alors elle ne prévient pas la police tout de suite... Un bouton du blazer est resté dans la bouche du cadavre. Ce bouton : *on l'y a mis !* En effet, Vladimir a été défoncé d'un coup de hallebarde. Mort sur-le-champ ! Il n'a pu mordre le veston de son antagoniste car il n'y a pas eu antagonisme puisqu'il a été assassiné en descendant l'escalier. Rebecca-Marcelle se sauve... Je vais chez sa sœur. L'instinct ! Les bijoutiers semblent être des bougres dépassés par leur famille, par l'événement, par tout ce qui les cerne et les concerne. Là-dessus, l'appel téléphonique d'une Thérèse qu'ils prétendent ne pas connaître et qui, elle, prétend que ÇA urge. Pendant ce temps, le fils prodigue se la radine avec un pote et ces deux gouapes nous fauchent la mère Pinaud !

Et maintenant ?

Hein, San-A. ?

Maintenant, que vas-tu fiche, mon grand ? Gros malin ! T'embarquer dans ce patacaisse insensé alors que rien ne t'y forçait. T'avais juste un petit coup de grelot à donner. Deux mots à dire à tes collègues et en ce moment tu en écraserais peinardement dans la crèche de Saint-Cloud où la vieille horloge de Félicie fait des tics et des tacs majestueux, comme jadis, quand les hommes prenaient le temps de vivre leur vie...

Une main boudinée se pose sur mon genou droit.

— Commissaire... chuchote l'organe un tantisoit peu enroué de Berthy.

Je m'arrache à mon tumulte interne. Un regard à la Baleine. Elle est fondante, sirupeuse. Ses joues-fesses pendent de chaque côté de sa bouche-anus. Son regard

représente deux mouettes s'éloignant dans le crépuscule.

— Commissaire, rappelle-t-elle doucement.

— Oui ?

— Je le savais !

— Que saviez-vous, Berthe ?

— Je savais que vous m'aimiez. Je le savais depuis
longtemps. Depuis toujours. Il y a dans vos yeux,
lorsqu'ils se posent sur moi, une lueur qui ne trompe
pas.

Ma peau se met à chairdepouler pire qu'un mur crépi
d'une tyrolienne.

— Mais, heu... Ma bonne amie, je crois qu'il y a
maldonne, m'affolé-je.

— Tsst, tssst, tssst ! fait la mutine. Vous vous êtes
trahi il y a un instant.

— Moi !

— Oui, chéri : *toi* !

Ma pomme d'Adam devient grosse comme un gant de
boxe.

Avouez que cette nuit est maudite ! Je les verrai
toutes, depuis A jusqu'à Zob ! La truie Béru qui me
chambre, à c't' heure, qui veut, qui va me violer ! Je lis
dans son regard que c'est du peu au jus. De l'imminent !
Qu'elle va joindre le geste à la parole.

— Mais que racontez-vous ! Berthe, voyons ! Vous
êtes la femme de mon ami ! paniqué-je.

— Ce n'en sera que meilleur, grand fou ! gourmande-
t-elle. Et tu le sais bien, polisson.

— Je n'éprouve pour vous qu'une solide amitié !

— Que tu crois ! Tu as laissé échapper ton doux aveu,
Antoine. Je serai tienne. Arrête qu'on s'aime ! Dans la
nature, sur ta banquette, n'importe où ! Je suis prête !

— Mais je vous ai traitée de grosse vache ! éploré-je.
C'est cela que vous appelez un aveu ?

— Auparavant ne m'as-tu pas dit « ta gueule » ?

— Mais si, justement, vous vous rendez compte !

— Ta gueule, roucoule l'Annapurna. TA gueule. *Tu
m'as tutoyée !* Spontanément, dans un élan. Tu n'as pas
pu te contenir. TA gueule ! Eh ben, tu vas l'avoir, ta
gosse ! Pour toi tout seul ! Arrête tout de suite ta
saloperie de bagnole, chéri ! J' te veux ! J'y tiens plus !

Et de couper le contact d'un geste décisif, la fumière !
Moi, vous me connaissez ? M'en est arrivé déjà des trucs
pas banals et des moulins peu banaux. J'en ai essuyé des
dangers ! J'ai vu la mort comme je vous vois : face et
profil... D'autres bougresses m'ont convoité, voulu, eu !
Hue cocottes ! J'ai été maintes fois empêtré dans des
situations délicates, périlleuses, angoissantes, compro-
mises... Mais jamais, z'entendez-vous, au grand jamais !
Jamais j'ai coulé à pic dans un tel ridicule. Au moment
que des transes professionnelles me poignent, me voilà
noyé dans le grotesque à l'état pur. La garcerie ambu-
lante du Mastar qui me gloutonne tout cru ! Misère !
Que faire ? J' peux pourtant pas crier maman. Me caler
les deux mains devant zézette. M'enfuir. Cloquer une
plaque de blindage en iridium dans la vitrine de mon
kangourou. Je peux pas la supplier de m'épargner. Lui
jurer que j' suis impuissant. Je peux pas prier mon saint
patron. La révolvériser ? Tout de même. Assassiner
Berthe serait malgré tout un meurtre. Quoi ? « On
achève bien les chevaux, vous dites ? Alors pourquoi pas
les truies en rut ? » Tout de même... Et la S.P.D.A.,
alors, c'est quoi donc, et vous en faites quoi t'est-ce ?

Le moteur s'est tu.

Mais fort heureusement, le geste de Bertoche a des

conséquences salvatrices. Il crée un accident qui engendre mon salut. Je possède ce genre de chignole à la con dont la direction se bloque lorsque le jus est stoppé.

Roulant encore sur la vitesse acquise et malgré mon coup de patin exprès, v'là que j'embugne un vieux végétal dont le nom latin est *platanus*. Ma tire se rétrécit de dix centimètres dans le sens de la largeur. C'est la Gravosse qui a effacé l'impact. L'aubergine qui lui escalade la coupole ne tiendrait pas dans un sac tyrolien. Le dôme de l'observatoire au Pic du Midi, mes fils ! Sonnée, ses ardeurs jugulées, ses esprits flottants, ses sens en portefeuille, la gueuse Bérurière dodeline et prend une attitude comateuse à mon côté. Sa hure s'abattant contre moi, je la refoule d'un coup d'épaule dépourvu de galanterie. La rogne me tord tripes et cervelle. Ma fureur est tellement noire qu'un rat de cave aurait besoin d'une lampe électrique pour s'y déplacer.

— Bougre de vieille radasse ! aboyé-je. Gorette en chaleur ! Chienne pâmée ! Chaussette fumante ! Bedaine ! Mochetée ! Excroissance ! Dodue ! Dondaine ! Lessiveuse ! Chaudron percé ! Charretée d'immondices ! Purulence ! Tas ! Monceau ! Coulée de suif ! Bitophage ! Merderie ! Nymphette obèse ! Avalanche ! Taste-slip ! Fourre-tout ! Enfourneuse ! Viandophile ! Dévorante ! Pétrolière ! Boudin ! Ringard ! Superpute ! Oléagineuse ! Bonbonne ! Casse-quenouille !

J'en débiterais encore au moment que je vous narre si, m'étant aperçu que mon moulin n'est pas atteint ni ma direction faussée, je n'avais repris celle de Pantruche.

*
**

Un long temps de mutisme nous désendolore l'âme.
Le mutisme est un adjudant-chef. Se taire cicatrise la
pensée.

Ma colère bien tamisée est réduite en poudre lorsque
nous pénétrons dans les lumières jaunes précédant la
banlieue.

Berthy le sent.

— J'ai eu un coup de folie, s'excuse-t-elle.

Le ton est menu. Elle a déniché je ne sais dans quel
coin de ses soufflets de forge un reliquat de gazouillis de
fillette.

J'émets un grognement pour auberge espagnole (1).

La Gravosse reprend, de sa voix pénitente :

— Les sens, c'est les sens. J'ai un tempérament
d'amoureuse ! C'est plus fort que moi, lorsqu'un homme
m'ensorcelle, faut que je lui fasse la grande connaissance.

L'expression est savoureuse.

Aussi la savouré-je, comme île ce doigt.

— Vous êtes bien assuré, j'espère ? continue Mâme
Jambonnette, sinon j'ai quèquzéconomies dont je ferais
un devoir de participer pour les réparations.

— N'ayez pas d'inquiétude sur ce point. Je suis tous
risques, en effet.

Soulagée, elle évanesce un soupir susceptible de
propulser une goélette.

— Ah bon. Surtout, causez pas de mon bas de laine à
Bérurier, ce salaud me secouerait la tirelire. C't' un

_____

(1) San-A. a voulu dire par là (et même par ci) qu'on peut
interpréter son grognement selon ses désirs. On y apporte son manger,
quoi ! (*Note de la belle-mère de l'éditeur, car l'éditeur est un monsieur
honorable qui s'en voudrait de lire du San-Antonio.*)

jouisseur, Alexandre-Benoît. Avec lui, c'est tout pour la gueule. La bâfre au-dessus de tout! Y s' rend pas compte que si on mettait pas d'argent de côté on en aurait jamais devant soi (1). Moi, j' suis d'un naturel prévoyant. Et si je vous dirais, commissaire, que je ne pourrais pas sortir sans avoir du flouze planqué dans la doublure de mon sac. Crainte d'être prise à l'improviste; ça s'est déjà produit. Tenez, un jour, dans le métro, un gamin de vingt ans, beau comme l'amour, s'excitait après moi. Il me caressait les fesses mieux qu'un ange : comme un masseur! Je lui ai causé. Il demandait qu'à ce qu'on s'isole les désirs. Seulement il avait pas un rouble sur lui, le chéri. On peut triquer et être pauvre, c'est pas un con patible! Imaginez un instant, San-Antonio, que je n'eusse pointu mon pécule avec moi, qu'est-ce qu'allait payer la chambre d'hôtel et la bouteille de mousseux qui vous enclenche si bien les estases? Hein? Non, mais répondez-moi...

Je ne réponds pas, beaucoup trop enfoncé que je suis dans mes méditations.

Je viens de passer la plaque bleue annonçant « Paris ». Ça m'attendrit toujours de voir indiquer Paname par un simple panneau, comme « Trou-les-Bains » ou « Boufzy-le-Petit ».

« Paris », commako, tout bêtement. Avec une fausse humilité qui confine à la grandeur sublime.

J'ai l'impression idiote de rentrer d'un grand voyage. Me voilà dopé par ces cinq lettres, remis à neuf. A un square, une pendule indique deux plombes. Je n'ai pas sommeil.

(1) Berthe a de ces expressions!

La Baleine me moule avec ses confidences oreillères pour demander :

— Et maintenant, qu'allons-nous faire ?

— Du zèle, dis-je.

Elle n'ose pas insister.

Je prends la voie des berges, aussi dégagée à cette heure qu'une route albanaise. La Seine a l'air immobile. Sur la droite, la tour Eiffel balance son pinceau lumineux dans le ciel de nuit. Je fonce... Le souterrain du Trocadéro et celui de la Concorde... Celui du Louvre...

— On retourne dans l'île Saint-Louis ?

— Non.

Elle prend mon laconisme pour de l'hostilité.

— Vous m'en voulez toujours ?

— Pas le moins du monde.

— Alors à quoi que vous songez, beau ténébreux ?

— A un bruit, réponds-je.

— Un bruit de quoi ?

Justement, c'est la nature de ce bruit qui me tarabuste les méninges. Je l'ai encore dans l'oreille. Il lève en moi une succession d'images.

Je quitte les berges au niveau de l'île Saint-Louis précisément, mais au lieu de passer le pont, je vire à gauche, dans le Marais. J'aime bien le Marais. Il est beau, pauvre, triste et chaud. Sincère.

Je prends la direction de la place des Vosges (1) et parviens promptement dans la rue des Francs-Bourgeois. Il habitait le 412, Vladimir Kelloustik. La porte cochère (et phacochère, car elle est dégueulasse) est restée entrebâillée.

---

(1) Ce qui vaut mieux que de prendre la direction de l'Opéra de Paris, dans l'état où il se trouve, le pauvre !

— On va chez qui est-ce ? demande Berthe.

L'envie me taraude de l'envoyer au bain turc, mais l'ayant copieusement abreuvée d'injures, un instant plus tôt, je traîne un chapelet de remords derrière moi.

— Chez le mort de la terrasse, chère amie.

D'autor, elle m'emboîte le pas. Le porche est une porcherie. Pavé de pierres rondes, il subit un amoncellement invraisemblable de cageots et de détritus consécutifs au marchand de primeurs voisin. Ça pue le chou pourri et la banane écrasée. Je m'approche d'une porte vitrée derrière laquelle est fixé un carton indiquant les blazes des locataires et leur position géographique dans l'immeuble. C'est rédigé en caractères tremblés sur un couvercle de boîte à chaussures.

Kelloustik pioge au troisième droite.

Nous montons, Berthe souffle fort, comme un qu'est en train de chercher des truffes dans le Périgord. Sa respiration bruyante se répercute dans la cage d'escadrin. M'est avis qu'elle va réveiller tout l'immeuble.

Troisième. Droite.

Sur un bristol, on s'est complu à écrire « Vladimir Kelloustik » en gothique bicolore-à-poils-longs. Un gus qu'avait le temps. Un calligraphe. La vie est pleine de minus qui se prennent pour des artistes parce qu'ils savent écrire un titre en ronde.

Vous allez prétendre que je charge, mais ce petit rectangle de carton blanc m'en apprend plus sur la personnalité de feu Kelloustik que ne le ferait le rapport d'un psychiatre.

Je sonne trois petits coups brefs, manière de créer une ambiance. Quand on réveille quelqu'un, faut essayer de le faire avec un maximum de tact.

En l'occurrence, je ne réveille personne. Le silence

épais de la vieille baraque ventrue reste total. Je
carillonne derechef, en pure perte.

— On a grimpé tout ça pour la peau ! soupire la
baleine.

— Voire ! laconé-je.

Et de tirer mon fameux sésame (1) pour m'expliquer
avec la serrure. De la bricole. Quelques coffiots plus
bardés d'astuces que les mots croisés de Max Favalelli
mis à part, peu de lourdes résistent longtemps aux *guili-
guili* de cet appareil qui est au métier de super-flic ce
que la couleur bleue est aux toiles de Wlaminck.

J'ouvre.

— Pardonnez-moi de ne pas vous prier d'entrer.
Berthe, dis-je à la mangeuse d'hommes, mais quand on
pénètre quelque part avec effraction, la politesse
consiste précisément à passer le premier, tout comme au
Pont de Lodi.

Sur ce charmant avertissement, j'entre dans le loge-
ment du regretté Vladimir. Il y fait chaud. Une odeur de
bouillie Guigoz à quoi se mêlent des remugles de
vomissure me pince le pique-bise. Délibérément j'actionne le commutateur. Une misérable entrée me saute
à la frime. C'est tout petit, tout triste, tout tragique à
force de médiocrité. Trois portes prennent sur ce chétif
quadrilatère : une porte de gogues, entrouverte, avec
vue imprenable sur une cuvette jaune foie. Une porte
vitrée, donnant sur une cuisine dont le compteur à gaz

_____

(1) Beaucoup de lecteurs, et particulièrement ceux qui sont spécialisés dans le cassement, me demandent en quoi consiste ce « sésame ».
Les dures exigences du secret professionnel m'empêchent de leur
répondre ; toutefois, qu'il me soit permis de leur révéler que l'outil en
question est en vente libre au sous-sol du Bazar de l'Hôtel de Ville.
S-A.

obèse occupe les deux tiers du volume : enfin une troisième porte, fermée celle-là, mais qui, sous l'impulsion de ma curiosité, ne le reste pas longtemps.

Et je pénètre dans une chambre-studio. Assez vaste.

J' sais pas si vous l'avez déjà constaté, mais la médiocrité rend ingénieux. L'appartement d'un mec sans moyens ressemble à un couteau suisse, lequel remplace avantageusement un atelier de mécanique et une batterie de cuisine au complet t cv n c b erdS ,k hgu, q è) (1).

Chez Kelloustik, je découvre : un canapé-lit, une table-machine à coudre, un tabouret-escabeau, une commode-salle de bains, un tampon-buvard faisant pendule et poste de radio, et un bébé endormi dans un berceau qui aboie peut-être lorsqu'il est réveillé.

Je sors la photographie découverte dans le larfouillet de Kelloustik. C'est bien le bébé figurant sur le cliché. Sans doute a-t-il un ou deux mois de plus qu'au moment où l'on a tiré cet instantané, mais je le reconnais. Un chouette blondinet, rose et dodu, avec des fossettes partout. Il dort à poings crispés, son souffle est calme et la lumière tombant de l'entrée fait scintiller ses mèches d'or.

— Un chérubin ! susurre le bovidé en m'écrasant dix kilos de nichons contre la hanche.

Je la sens émue, Berthy. Je le suis également, en songeant au cadavre du papa dans un tiroir de l'Institut médico-légal. A peine au monde il est déjà orphelin de

(1) Ceci n'est pas un message codé. Un ange est venu déposer cette ligne incohérente en apparence dans mon horrible livre et j'entends l'y laisser. Sans y changer un seul mot ! S-A.

père. Tu parles d'un départ foireux. Notez qu'avec un father pareil il n'était pas sorti de l'auberge...

— Il est seul dans l'appartement! gronde la houri, comment se peut-ce, un bébé de cet âge! Et si le feu prendrait? Et s'il aurait des convulsions?

Mon haussement d'épaules, pour fataliste qu'il soit, ne calme pas pour autant l'indignation de la vachasse : en termes soignés, elle continue de déclamer son opprobre. Pendant qu'elle récite un beau chapitre de puériculture parlée, je soulève l'édredon du mignonnet. Ce que je suis venu chercher ici s'y trouve. Un hochet, mes jolies. Un beau hochet rouge et jaune. Je l'empare et vais l'essayer dans le vestibule. Il a une sonorité particulière. Au lieu de faire « *dreling dreling* », comme la plupart des hochets, il produit un bruit plus cassant, un peu crachoteur.

« Un bruit de crécelle », you see? Ou plutôt you hear? Bravo, San-Antonio. Quelle subtilité dans l'évolution de la pensée! Quelle sûreté dans sa trajectoire! Quelle perfection dans l'analyse! Ah! si je n'étais pas moi-même, comme je m'admirerais!

— Vous faites joujou, commissaire? questionne le Gravosse.

Je cesse de cigogner le hochet.

— La maman de ce petit ange doit se prénommer Thérèse, assuré-je à la vorace interloquée.

Là-dessus, je continue d'explorer la cambuse pour tenter d'y dégauchir un appareil téléphonique.

Il n'y en a pas.

Donc, Mme Kelloustik est allée téléphoner ailleurs aux Naidisse. En emmenant son bébé qui ne dormait pas. Après quoi elle est revenue ici, l'a couché et s'est tirée de nouveau.

Pour aller où ? Téléphoner encore ? En ce cas, elle ne va pas tarder.

Dame Berthe aux grands panards, au grand prose et à l'immense chaglaglate n'est pas si melone que je trouve qu'elle en a l'air puisque aussi bien elle demande :

— On attend la mère ?

— Bien vu, ma chère. En effet, je voudrais avoir une conversation avec la maman, déclaré-je.

Je me laisse tomber sur le canapé. La nuit commence à se faire longue.

— J'échangerais volontiers mon droit d'aînesse de fils unique contre une bonne tasse de café, avoué-je.

— Casse la tienne, s'empresse la Bérurière, je peux nous en préparer. Doit bien y en avoir dans c't' appartement !

J'imagine la frime de Thérèse lorsqu'elle va revenir. Trouver une Berthe en mini-jupe et à aubergine dans sa kitchenette, en pleine noye, ça doit commotionner le circuit nerveux. Il est vrai que la pauvre fille va avoir bien d'autres surprises plus désagréables.

— Si vous mettez la main sur un paquet de moka, préparez-moi un jus aussi épais que du miel, recommandé-je. Je veux pouvoir le boire en tartines.

— Faites-moi confiance, mon cher Antoine, flûtise mon module d'étable, le café, c'est ma spécialité.

Elle s'efface dans un froufrou de jupette.

Votre bon camarade San-A. ferme ses jolis yeux enjôleurs, histoire de récupérer un chouïe. Il suffit souvent de quelques secondes de totale relaxation pour se refaire une santé. Si tu parviens à t'abstraire un instant, ta fatigue met les adjas.

Notez que c'est délicat à réussir, une abstraction San-Antoniaise.

Il est si tellement présent, le bonhomme! Pour l'effacer, faut beaucoup plus qu'une gomme à crayon.

J'espère pourtant y parvenir, lorsque Mme Alexandre-Benoît Bérurier, dite Berthy, dite Berthaga, dite la Gravosse, pousse une exclamation dont j'aurais honte qu'elle la proférât lors d'une réception à l'Elysée, en présence d'une once apostolique :

— Bordel de Dieu! exclame la personne ci-dessus nommée...

Puis un silence succède, lequel contient en énergie la suite de l'imprécation.

« Cette énormité de la nature, cette excroissance de dame a dû renverser le paquet de café ou se prendre une pointe de sein dans l'engrenage du moulin », décidé-je.

Le bruit de sa présence (car Berthe fait du bruit en existant, fût-ce au ralenti) m'oblige à remonter les volets de sécurité de ma vitrine.

La molosse est là, livide, moustache en détresse, œil en verre dépoli, poitrine répandue, tifs défrisés, nez désamorcé, langue dardée, oreilles épagneulées.

On dirait qu'elle vient : soit de recevoir une décharge électrique d'au moins 1 000 volts dans le rectum, soit de faire l'amour avec un marteau-pilon! Une bave blanchâtre lui débadine de la gouttière.

— Santonio, chuchote-t-elle, j'aimerais que vous vinssiez voir.

Je vinsse.

Elle m'indique d'un geste récamiesque la petite cuisine qu'elle vient de quitter. Je m'y hasarde.

Les portes des placards béent. Mais mon regard

infaillible va droit au minuscule frigidaire mural peint en faux bois.

Outre quelques biberons emplis de bouillie et un reste de ragoût, il contient une tête humaine décollée au ras du menton.

CHAPITRE III

FLOC !

— Vous ne dites rien ? remarque doucettement Berthe au bout d'un silence qui, vu de l'extérieur, doit sembler interminable.

— J'entre en moi-même, réponds-je.

— Pour quoi faire ? demande la chérie.

C'est quelqu'un, Berthy. Une nature ! Un tempérament ! Une santé !

En pareil cas, n'importe quelle femme aurait paré au plus pressé et se serait évanouie.

Pas elle.

Sa pâleur lui suffit et son horreur s'exprime par un léger tremblement. Elle est forte ! Gaillarde !

Connaître un être humain, c'est un voyage. Mieux qu'un voyage. On n'en revient pas. Moi, tant qu'il restera un autre individu sur la planète, je serai certain de ne pas m'emmerder. Y aura du spectacle : assez pour m'intéresser à la fuite du temps. Les gus, quand on veut les étudier, faut s'occuper comme pour la pêche à la ligne. Se munir d'un pliant. Choisir un coin à l'ombre. Un endroit du cours de vie où ça ne galope pas trop, où le courant fait une trêve. Et puis s'installer et attendre.

Moi, des tronches sectionnées, j'en ai déjà trouvé

quèques z' unes sur ma route. Tenez, je me rappelle d'un matin, aux Halles, quand elles étaient encore au ventre de Paris... Parmi des têtes de veaux, une tête d'homme (1). Et d'autres encore, dans je sais plus quelles circonstances. Mais c'est la première fois que je déniche une bouille dans un frigo, parmi des biberons.

Je fixe cet effroyable débris exsangue. Le plus cocasse, faut que je vous le bonnisse, manière de vous faire poiler : il est posé sur une assiette.

Servez froid ! Avec une vinaigrette de préférence. Vous vous rendez compte ? Une tête coupée, dans un réfrigérateur... Avec un bébé doré qui pionce dans la pièce voisine.

Je vous ai dit que c'était une tête d'homme ? Non ?

Ben, je vous le dis, *in extenso* pour que ça fasse plus exotique.

— Vous connaissez ce monsieur ? demande la Bérurière.

— Je n'ai pas cet honneur, ma bonne, je lui rétorque, comme je le ferais si je marnais dans un truc de la comtesse of Ségur.

— Vous ne pouvez pas savoir l'effet que cela m'a fait, reprend la donzelle : je ne savais pas que ce placard était un frigo. Déjà là j'ai été surprise. Et puis quand j'ai vu ! Je me médusais de regarder cette horreur. Je me disais : c'est pas possible... Il eût été blond j'aurais cru a une tête de veau. Mais brun pareil ! Selon vous, y n' serait pas comme qui dirait plus ou moins nègre de l'antécédent ?

Je considère le trophée.

(1) Cf. « *La tombola des voyous* ».

— A quoi vous pensez ? insiste ma brillante collabo-
ratrice.

— A la mort de Louis XVI, affirmé-je.

Elle ne se goure pas en supposant que la victime était
négroïde. Les cheveux drus crêpent. Les lèvres sont très
charnues. La peau est bistre foncé et le regard agonique
jaune-cheval-malade.

— Selon vous, s'agirait d'un meurtre ? s'enquiert la
pertinente.

— Ou peut-être d'un suicide, dis-je en lourdant la
porte du réfrigérateur pour ne plus voir l'atroce chose.

La baleine en jupe courte me sermonne d'un doigt
mutin de rosière taquinée, style « M'sieur Raymond, si
vous continuez d'ouvrir grande votre braguette j'appelle
maman ! ». Sans doute va-t-elle déballer une tirade
flamboyante comme du gothique, mais un bruit sur le
palier mobilise mon attention.

— Chut ! dis-je, à l'impératif.

Je prend la mégère par un brandillon et l'attire dans la
cuisine. Après quoi j'éteins la loupiote de l'entrée.

La Gravosse profite de l'obscurité pour se plaquer à
moi, salace. En v'là une qu'abuse des situations criti-
ques. Je veux pas vous paraître grossier, mes canardes,
mais je vous jure qu'elle pratique un frotti-frotta si
savant que je suis à deux doigts de la prise d'arme, toute
Berthe qu'elle soit. Y a une chose aussi, faut dire : la
fatigue affûte le sensoriel comme une lame de rasoir.
Une nuit blanche, et t'as le monstre tricotin. Le goumi
bien féroce, renforcé tige d'acier. Si tu t'effaces pas
deux gertrudes dans la journée t'es obligé de te promener avec une brouette pour te charrier le surplus d'émoi.

Un cric-crac maladroit dans la lourde. Celle-ci s'ou-

vre. Je me dis que la maman du petit trésor est de
retour, comme les cigognes alsacos.

On éclaire. On tousse. Toux de femme. Puis on se
rend dans la chambre du bébé.

Vous remarquerez, pour parler à un mouflet, les
adultes se croient tous obligés de prendre une voix de
chat. Ils lui miaulent des conneries, lui inventent des
onomatopées.

L'arrivante souscrit à la tradition. Faut l'entendre
réveiller le loupiot d'un petit ton pointu qui agacerait un
pinson :

— C'était le pitit petit mignon joli ahrrre, ahrre ! Le
babounet troufigni gouzi ! Le bouli goulou gligli gogo !
Une tite pitite merveille, ça madame ! Oh, oui, ça
n'ouvait ses gands zieux bleus ! Bonzou, cousou ! Dites
ahrrre !

La pression de Berthe s'affirmant, sa dextre investig-
ant dans ces régions de moi-même que je réserve de
préférence à des personnes méritantes, je décide d'intervenir. J'ouvre la lourde sans trop de bruit et
m'avance dans l'encadrement de la pièce voisine.

Je croyais y trouver la jeune femme blonde de la
photo. Maldonne, mes brutos, c'est une vieillarde qui
s'active au-dessus du berceau. Et quelle vioque ! Une
pocharde, bel et bien. En hardes ! Elle a un fichu troué
sur les épaules. Un jupon déchiqueté du bout, comme
celui de la fée Carabosse dans les livres pour enfants.
Ses cheveux gris sont probablement des cheveux blancs
qu'on n'a jamais lavés. Ils tire-bouchonnent sur ses
épaules. Déjà, et bien que je sois à deux mètres d'elle,
sa forte odeur de vinasse me saute au gésier, m'agresse
les muqueuses, porte atteinte à l'estime que j'éprouve
pour le bon vin.

— Vous êtes la nurse, peut-être ? demandé-je.

La vioque ne sursaute pas. Elle a les réflexes cisaillés par l'alcoolisme. En entendant ma voix délectable, elle se retourne péniblement.

Tout compte fait, je crois que la tête sectionnée du frigo est plus ragoûtante que celle de ce monstre. Imaginez une morille pourrie, peinte en violet. Y a plus que des pores à sa peau. D'énormes pores lie-de-vin reliés entre eux par un réseau de veines bleues.

Le regard est pareil à deux vilains boutons qu'on viendrait de presser. Sa bouche tordue s'ouvre sur un trou ténébreux qui ne se rappelle plus avoir hébergé des dents.

Elle grommelle un truc dans le genre de : « Cake sec ça ? » que je traduis illico, bien que je n'aie pas mes écouteurs par : « Qu'est-ce que c'est que ça ? »

— Quoi ? demandé-je.

Elle me braque d'un doigt noir et luisant, comme celui d'un marchand de journaux.

— Ça répète-t-elle.

Et je réalise que par « ça » elle entend le gars « moi-même », produit surchoix de Félicie.

— Un ami de la famille ! réponds-je. Et vous, chère madame, qui êtes-vous ?

Au lieu de se nommer, elle me pose une question abrupte et assez déroutante.

— T'as jamais vu mon cul ? demande l'étrange visiteuse.

Je récupère tant mal que bien.

— Je n'ai pas eu cet honneur, madame, et ne le sollicite pas, bien qu'un tel spectacle doive valoir le déplacement.

Mon parler cérémonieux ne l'impressionne pas.

— Fais pas le marle, tronche de con ! murmure la monstrueuse créature.

Berthe me pousse d'une main profiteuse.

— Je vais pas vous laisser insulter par ce suppositoire de Satan ! annonce-t-elle. Sans blague, une pourriture pareille qu'ose abroger d'injure un commissaire ! Qu'est-ce vous attendez pour y passer les menottes, San-A ? Si ! Si ! Là, j'exige, j' sus témouine. Les menottes et au gnouf !

Le mot de « commissaire » a atteint l'entendement de la clocharde.

— Merde, un poultock ! Et moi je te croyais le père de ce p'tit chou, mon gars ! D'après ce que m'a dit sa mère, j'en aurais mis ma main au feu ! Mais alors, c'te grosse carne qui gesticule des miches, c'est quoi ?

Les pleurs du bébé rompent soudain le dangereux crescendo de la scène. Il a un grand chagrin innocent, le pauvre chérubin. Des cris de mouflet, je défie n'importe qui de leur résister. Voilà que tous trois, on se penche sur le berceau, quasiment affolés par les brailleries du mignon moutard. Pauvre biquet ! Çui qui lui a beurré la tartine, là-haut, s'est trompé de pot, moi je vous le dis. Il a pris le pot à merde au lieu du pot de confiture. Et il a pas plaint la marchandise.

Double couche ! Recto verso ! Le papa trucidé, la maman en plein circus. Une clodote à son berceau. Une tête humaine au milieu de ses biberons... Le rêve, quoi ! J'aimerais bien lire son horoscope, pour voir...

— Mignon, zouli gouzi la la ! entonnent en chœur Berthe et la poissarde.

Le bébé hurle de plus belle, ce que je conçois fort bien. Moi, à sa place, j'en ferais autant.

— Comment qu'y s'appelle, voyons, marmonne la

clocharde. Sa mère me l'a dit pourtant. Armand... Non, c'est pas ça... J' sais que ça commence par un « a »... Ah, oui ! Antoine...

Pourquoi me sens-je pris d'une nostalgie organique, tout à coup ? Pourquoi l'onde lasse des éternels regrets me submerge-t-elle un court instant ?

Antoine... Sacré Antoine ! Petit couillon d'Antoine perdu dans un univers frelaté et sanguinolent.

— Dites donc, la mère, fais-je à la radeuse, mettez-moi un peu au courant de ce qui se passe. Mais d'abord soyons net, voici ma carte, vous savez lire ?

Elle file un œil coagulé sur mon bristol officiel.

Puis elle crache.

— Pas besoin de savoir lire, dit-elle, un flic, on le reconnaît toujours à l'odeur.

Les vagissements suraigus d'Antoine, seuls, empêchent Berthe de laver dans la tarte béruréenne un tel affront (qui n'est pas le premier dont ma race ait vu souiller son front, croyez-le).

— Les menottes, bordel ! clame-t-elle en prenant le petit braillard.

Coincé dans le coude phénoménal de Berthe, le bébé ressemble à un enfant de chœur qui serait monté en chaire.

Moi, j'ai toujours secrètement envié les clochards. A se laisser couler au bas de la pente, ils ont fini par se mettre hors de portée, comprenez-vous ? Plus grand-chose ne les atteint parce que plus rien ne les concerne. L'étalon « kil de rouge » est le dernier lien entre eux et le reste, parce que c'est « *le reste* » qui vinicole, embouteille et nicolase.

Au lieu de regimber sous les outrages de la sorcière je lui vote un sourire éblouissant (1).

— Si on essayait de se dégauchir un petit remontant dans cette cambuse, ma chère dame ? suggéré-je, et qu'on cause à bâton machin et à cœur chose ?

Visiblement, ma propose la séduit car son visage se défroisse comme du papier chiotte après usage lorsqu'il entre en contact avec l'eau.

J'ouvre deux ou trois placards, en me demandant si je vais y découvrir une main ou une paire de baloches. En fait, au lieu d'autres reliefs humains, je déniche une bouteille de vodka à moitié pleine. Je verse un godet de raide à Chère-rasade et elle le siffle comme siffle un titi en voyant une pin-up s'extraire d'une voiture sport. Car, je crois vous l'avoir fait observer quelque part autre part ailleurs, mais de nos jours, on ne « descend » plus de voiture, on s'en arrache. On s'en dégage, comme on se dégage de ses décombres lorsqu'elle est sortie des rails.

— Vous disiez donc ? reprends-je en lui balançant langoureusement sous la fraise gâtée le reliquat de gnole.

Elle tend son verre.

— Après, dis-je avec fermeté. Racontez d'abord !

— C'est bien des manières d'enviandé de flic, soupire-t-elle.

Pourtant, elle plonge.

— Je dormais peinardement sous le Pont Marie quand j'ai été réveillée par une galopade. Je me dresse et je vois rappliquer une fille qui courait au bord de

_____

(1) La plupart des gens ne savent pas se laver les dents. Ils se les astiquent horizontalement, alors qu'il faut les frotter verticalement, en partant de la gencive. Usez de ce conseil et vous n'aurez pas perdu votre argent en achetant ce livre.

l'eau tout ce que ça pouvait. En m'apercevant, la v'là qui me plonge dessus et qui s'entortille dans ma couverture. « Je vous en supplie ! qu'elle disait. Je vous en supplie. » Là-dessus, deux bonshommes se ramènent. A leurs imperméables, je les ai pris pour des fumiers de poulets.

« Ils cavalaient en regardant soigneusement autour d'eux. « V's' avez-t-y vu une femme ? que m'a demandé l'un d'eux. « Elle a filé par-là, je leur réponds en leur montrant la direction de Bercy (1). »

La poivrote me présente son glass avec de la suppliance dans le regard et je me fends d'une giclette.

— Passionnant, fais-je. Ce que vous narrez bien, ma chère !

Elle hausse les épaules.

— Garde tes salades, pauvre pomme ! rebuffe la vieille. T'aurais pas une cousue ? Quand je me coupe la dorme j'ai le bec qui cotonne.

Je lui tends mon paquet de cigarettes.

— Prenez tout, comtesse !

Ma générosité l'impressionne.

— T'es sûrement aussi fumier que les autres, mais t'es moins radin, assure-t-elle. Bon, je t'annonce la suite, fiston. Sitôt les deux bougres partis, la femme me pleure contre en me disant des merci gros comme les cuisses de l'énorme vache qu'est là. Et puis elle me conjure de l'aider. Elle est dans une situation affreuse, que j'ai pas pigée des mieux. Son mari pourchassé ; y m' semble… Faut qu'elle récupère son bébé rue des Francs-Bourgeois. M'annonce qu'elle me refilera du fric plus

---

(1) Les clodos parisiens montrent Bercy comme les musulmans La Mecque.

tard, si j'accepte d'aller récupérer le chieur. Elle me dégoise comme quoi il s'appelle Antoine, le bougret. Et où que sont ses fringues. Dans un meuble peint en blanc. Là !

Elle désigne un coffre bas, dont le couvercle s'orne du canard *Donald*.

— Y a ses lainages dedans. Une combinaison bleue en tissu imperméable doublé. Bien le vêtir, qu'il fait un brin de rhino...

Elle a fini d'écosser une cigarette. Elle roule le tabac dans le creux de sa paume et se l'enfourme dans le trou de balle désaffecté qui lui tient lieu de bouche. La v'là qui mastique voluptueusement. Ah dis donc, l'haleine de la chérie, elle est pas mentholée ! Comment qu'elle doit fouetter de l'orifice, la baronne du Pont Marie à son réveil !

— En somme, conclus-je, elle attend sous le pont que vous lui rameniez son môme ?

La tarderie virgule du jus de chique sur le plancher.

— Exagueteli, milorde ! Tu sais que t'es futé, toi, pour un bourdille ? J'en ai vu des plus cons mais ils couraient plus vite.

* * *

Les berges de la Seine, au niveau de l'île Saint-Louis, y a pas plus romantique, nulle part au monde. Toutes les cartes postales consacrées à Paris vous le confirmeront.

On compose un étrange cortège tous les quatre. Y a quelque chose de vaudou dans notre déambulation. Berthe avance en tête, portant le bébé emmitouflé entre ses seins. Le v'là entre le bœuf et l'âne, ce Jésus. C'est une crèche à elle toute seule, Mme Béru.

La poivrote suit d'une allure dandinante. Elle marche comme un canard qui aurait mis des sabots. Je ferme la marche à double tour en contemplant l'eau grise frissonnant à la lumière des lampadaires. Est-ce bien la même Seine qu'à l'époque de la tour de Nesle ?

Depuis le temps qu'elle se fait des lavages d'estom, la Seine, elle a dû devenir autre chose, non ? Il a pas conservé toujours le même cru, le plateau de Langres. Ni les mêmes crues. Et en route de cours (pour ne pas dire en cours de route) avec les véroleries tant et plus déversées, avec ces ignominieux résidus dont on lui confie l'ébouage, polluée jusqu'à l'agonie du dernier goujon, vous pensez bien qu'elle a changé son âme et son sirop, la Seine ! Ses berges, elles-mêmes, déguisées en circuit automobile... Reste plus que les monuments de Paris qui s'y mirent, s'y admirent encore... Et pour combien de temps ? Deux, trois générations, vous croyez ? Après, plus d'histoire : Buildinges ! Grattechiasses et consorts. Tour de ceci, de cela. Tour de cons ! Super-super-clapiers ! Les pyramides humaines ! Elle fera tarter tout le monde, la Seine ; on la recouvrira pour ne plus la voir. On en fera officiellement un égout ! Un collecteur à pourritures. Une chasse d'eau ! Le mode d'évacuation le plus rapide (malgré ses méandres) pour les scories cataracteuses de Paname. Le trait d'union entre nos merdes et l'Océan.

L'arche du Pont Marie...

En avant arche !

J'ai beau sonder l'obscurité, je ne vois personne.

— Ben, é yé plus ! bougonne la chiquerenaude.

Je suppose que les tourmenteurs de Thérèse Kelloustik sont revenus sur leurs pas. Elle a dû fuir encore.

Effectivement, on ne trouve sous le pont que le

maigre bivouac de la pionarde : des sacs, des boîtes de conserve vides, un paquet de hardes informes et infâmes.

— La salope ! fulmine la Marquise du Pont d'Ena-moure, elle a calté en laissant ma boutique à l'abandon.

— Elle reviendra, promets-je. Puisqu'elle sait que vous allez lui ramener son bébé.

— En attendant, continue l'hargneuse, on aurait pu me cambrioler !

— Qu'est-ce on fait ? interroge Berthe. C'est plein de courants d'air, le petit chouminet va s'enrhumer ! Sans compter qu'on reçoit de la flotte sur la figure, ici, ajoute-t-elle en se torchant la joue d'un revers du coude.

Je la regarde. Une traînée pourpre s'étale sur son visage.

On dirait du sang !

J'actionne ma loupiote de fouille.

C'est du sang !

CHAPITRE IV

V'LAN !

— Qu'est-ce vous me regardez comme ça ? roucoule la Bérurière, toujours prête à se laisser escalader le mont de Vénus et à accorder ses faveurs au premier de cordée.

Une seconde goutte s'abat sur son front pur purin. On dirait qu'elle vient d'effacer une bastos dans le promontoire. Un effet saisissant, mes tendresses. Comme précédemment, le cétacé essuie sa vitrine. Pour le coup, le gars bibi lève sa loupiote afin d'inspecter les « zenlairs ». Le faisceau fureteur et blême capte soudain une vision fugitive qui ferait se dresser les cheveux d'une statue de marbre représentant Yul Brynner dans le rôle d'une boule d'escalier de verre.

Entre l'arche et la culée du pont il y a un espace triangulaire, noir comme la nuit où les spéléologues oublièrent leurs *mazda* au vestiaire de la grotte. Sortant de l'ombre, mes chères chéries, un bras !

De femme !

Blanc nacré. Inerte. Un ruisselet de sang s'y tortille comme un serpent rouge. Parvenu à l'extrémité des doigts, il goutte.

Je prends du recul pour mieux voir. Ma lumière

flageolante tire des ténèbres une mince silhouette. Je
découvre une robe bleue, une veste en lapin ennobli,
une chevelure blonde.

Qu'est-ce que vous pariez qu'il est désormais orphelin, le petit Antoine ?

Ses vieux sont cannés drôlement.

Pour l'instant il ne moufte pas. Faut croire qu'il se
sent confortable entre les brandillons de Berthe. Il est
vrai que sur des traversins pareils on peut se prélasser à
loisir.

— Elle est morte ? bredouille la femme Bérurier.
Je file ma loupiote à la clocharde.

— Faites-moi clair, la mère, je vais aux renseigne-
ments.

Là-dessus je pose le pied sur la saillie de pierre de la
culée d'arc-boutant. Sans effort je me coule dans la
sombre niche. Les pieds de Mme Kelloustik sont appuyés
contre la tête proéminente d'un énorme rivet. Elle a
quitté ses chaussures pour avoir plus d'adhérence. D'où
je me tiens, j'en avise une sous le pont. Cette godasse
me permet de reconstituer le drame.

La pauvre fille était pourchassée par deux vilains et la
clocharde lui a sauvé la mise. Les deux gars ont continué
leur chemin (de halage). *Seulement la berge cesse à la
pointe de l'île.* Ils ont dû explorer soigneusement le coin,
puis ils sont revenus sur leurs pas. Mme Kelloustik les a
vus réapparaître. Alors elle s'est cachée entre le pied de
l'arche et la culée de pierre. Son tort est d'avoir voulu se
hisser le plus haut possible. Elle a eu du mal à se
cramponner. Un de ses souliers est tombé, révélant sa
présence. Ses tourmenteurs se sont fait la courte échelle
et celui du haut n'a eu qu'à vider un chargeur presque à
bout portant sur la malheureuse (ou sur la *bienheureuse,*

dans l'hypothèse où le Seigneur l'aurait accueillie illico dans son paradis, sans lui imposer d'examen de passage).

— La lampe! réclamé-je.

L'édentée me refile l'objet. Tu parles d'un gâchis, Prosper! Ils te l'ont ravagée de première, la petite maman! Huit pralines au moins sur une surface de quelques centimètres carrés! La nuque n'existe plus. Le cou est déchiqueté et j'avise un énorme trou rouge sous l'aisselle gauche. Par acquit de conscience, je palpe la mère d'Antoine.

Gestes superflus. Le moteur est naze. Fort contrarié, je saute de mon perchoir, aux pieds de Berthy.

— Ils l'ont eue? demande-t-elle.

— Recta. Ces gars-là étaient mieux équipés que la Villette nouvelle formule.

— Moi, tout ça me fait chier, déclare soudain la poivrote. Où qu'il faut aller se remiser la carcasse, bon Dieu, si on n'est plus tranquille sous les ponts! Y m'ont rien pris, au moins, ces salopards!

Et la voici qui se met à inventorier ses misères.

— Dites voir, Mémère, je soupire en m'accroupissant auprès de son bivouac. Il va falloir me parler en détail des deux zèbres en question.

Elle fulmine.

— Je t'ai tout dit, blanc-bec, fous-moi la paix!

— Vous m'avez dit qu'ils étaient deux et qu'ils portaient des imperméables, si je ne possède que ces précisions-là pour les retrouver, ils seront morts de vieillesse avant. Allez, aboulez la description, sinon je vous flanque tout votre barda au sirop!

La carabosse prend Berthe à témoin.

— Il le ferait ! fait-elle. Vous pariez qu'il le ferait, gueux de flic comme il est !

— Non, moi ! riposte la Gravosse. Moi je vais le faire, car je le trouve trop coulant. S'il brusquerait un peu le mouvement, on gagnerait du temps. Tenez-moi le bébé que je mette cette vieille bourrique au trot attelé, San-Antonio !

— Pas la peine, elle va parler. Elle n'a pas envie d'avoir maille à partir avec la rousse, n'est-ce pas, chère madame ? Bon, vous disiez qu'ils étaient deux. Deux, comment ?

Mémère se convulse. Vous materiez sa frime... La princesse Margaret sur sa dernière photo couleurs ! Celle où on la voit faire semblant de sourire à Tony. J'exagère un peu ; ma clocharde, elle, ne ressemble pas à la reine Victoria ! Je me rappelle mon copain Marcel. Y a une quinzaine d'années, son tourment c'était de s'embourber la demoiselle Windsor. Il en rêvait la nuit. Le jour, il se perdait dans des langueurs. Chez lui, c'était tapissé de photos représentant Margaret à pied, à cheval, à la revue, en carrosse, en short et à Venise. Une vraie pâmoison, ça lui provoquait, cette princesse britiche. Il s'excitait pas sur la frangine, vu que c'est un farouche conservateur, Marcel et que du moment qu'une femme est reine il la poursuit jamais de ses assiduités. Préférerait se cogner le pape (qu'est-ce qu'il risque : il est protestant !) plutôt que de commettre un crime de baise-majesté ! Mais la Margaret, ce qu'il a pu m'en rebattre les tympans ! La façon qu'il la fourrerait maison ! Des manières hussardes, il prévoyait. Des positions rarissimes, qu'ont encore jamais franchi le Channel (comme disait la pauvre Coco, qu'aurait tant voulu la loquer, justement, cette Margaret, histoire de faire une bonne action). Il lui ferait le coup du sonneur de trompe, plus celui de Mme Glinglin. Et d'autres vachetées de combines à vous en faire ruisseler le douerrière des douairières. Des trucs géants, parole ! Avec concours de fouet, de gants cloutés, de griffe de tigre. On l'aurait laissé opérer, Marcel, la loi sadique revenait en Angleterre.

Aussi sec !

Il était prêt à se faire naturaliser Rosbif, mon pote, pour parvenir à ses fins, et pourtant il est suisse, donc nationaliste !

Il se voyait titrer par la Cour. Comte *of Catbray*. L'ordre de la jarretelle et toutim. Le château de *To Fornick* à disposition. Les fringants équipages. Chasse à courre en Ecosse. Tayau au au ! Tayau au au ! Sautant de cheval pour culbuter sa princesse dans les taillis bourrés de cerfs. Lui trifouillant le blason avec fureur et respect. Des années qu'il m'en a causé.

Il espérait sincèrement. Imaginait un concours de circonstances heureuses qui lui permettraient de lâcher son charme sur la créature de rêve. Il échafaudait la rencontre incognito. Seuls dans un train. Lui et elle embusquée derrière des lunettes noires. Il la reconnaît. N'en laisse rien paraître. Et se met au boulot. L'air de la séduction. Le tunnel propice. La galoche fantôme ! Un beurre ! Et après, quand elle a les cannes Louis XV, les yeux fanés, le muscle en torche, lorsqu'elle est redevenue Hanovre-Saxe-Cobourg-Gotha, il chique les surpris, les abasourdis, les désespérés ! « Et quoi, Princesse, ce fut vousse que j'étreignisse ! Moi, humble vermifuge amoureux d'une damneuse étoile ! Que faire pour cacher ma honte ! Comment réparer l'outrage ! Ma vie ? Elle est à vous ! Mon vit ? Vous l'avez z'eu ! Ma fortune ? Une dérision que je glisse dans votre escarcelle à toutes fins utiles. Une seule solution : le mariage dites-vous ? Soit ! Je vous apporterai la Suisse en dot ! Je serai humble. Je m'assiérai au côté du chauffeur dans la Rolls. Je déboucherai les lavabos. Je vous préparerai des *röstis*. »

Tel que, il délirait, Marcel. Je jure. S'il en perdait pas le boire et le manger c'est parce qu'il a toujours eu le coup de fourchette du siècle.

Et puis l'autre jour, on buvait un pot dans un troquet. Un vieil hebdomadaire traînait à portée d'œil. Sur la couvrante, justement, l'objet de ses convoitises passées : Mrs Armstrong-Machin, bien dodue. Bourgeoise replète.

« T'as vu ? je lui demande, en désignant l'exemplaire de « *Jour de Match* ». » — « Qui est-ce ? demande distraitement mon pote, Pauline Carton ou Mme Gold Amer ? » — « Vise la légende ! »

Il lit et fait la moue. « Vachement toupie, mémère, hein ? » me dit l'impudent. — « Je croyais que c'était tes amours ? » objecté-je. Le v'là qui me braque avec des lotos furax. — « J' sais pas où tu es allé chercher ça, il ronchonne, *mes amours, c'est la princesse Anne !* » Comme quoi la roue tourne, faut bien chers frères ! Et de plus en plus vite. Au point que j'en perds le fil de mes conneries.

Pour vous revenir... La clochetouille, après bêcheries et simagrées, devant la gravité des événements, devient bon gré mal gré coopérative, c'est fatal. Toujours entre deux picrates, d'accord, mais exercée à fonctionner dans l'ivresse, pour donc ! Ce bras blanc embracelé de sang, là-haut, la rappelle à des réalités sinistres.

— Y z'étaient nu-tête. Y' en avait un très blond,

presque blanc, genre albinos. Les lumières d'en face
éclairent bien là où que vous êtes. Il avait les yeux pâles,
quasiment blancs idem. Et il causait pas français.

— Comment vous en êtes-vous rendu compte ?

— Il a baragouiné à son copain pour savoir ce que je
disais.

— Dans quelle langue ?

— Alors là, tu deviens goulu, gamin. J' sus pas
interprête à l'ONU !

— Et l'autre parlait bien français ?

— Comme toi z' et moi !

— Il ressemblait à quoi ?

La vieille garcerie me file un regard pareil à deux
filets de vinaigre sur un jaune d'œuf.

— J' te l'ai déjà dit : à un flic. Il était plus petit que
l'autre, plus vieux. Brun, trapu. Il avait une moustache.
Une grosse moustache av'c des reflets rouquins.

J'insiste, mais elle n'a plus rien à casser de valable.
On se perd dans la coupe des imperméables. Le temps
presse.

Je balance un moment, puis je murmure :

— Vous ne quittez surtout pas votre domicile, la
mère ! Des confrères à moi viendront enlever le cadavre
et enregistrer vos déclarations, tout à l'heure.

— La chiasse, quoi ! grogne la cloche.

— Vous vous seriez installée sous le pont Alexandre III, personne ne vous aurait dérangée. Que voulez-
vous, c'est ça le destin !

La poissarde hausse les épaules.

— Le Pont Alexandre III ! J'aime trop mon île Saint-
Louis !

***

— Passez-moi l'outil, Berthe ! je propose, il doit commencer à peser lourd, le petit bougre !

— Il est mignon, fait la grosse en me virgulant le dénommé Antoine. Alors le voilà orphelin, positivement ?

— Il semblerait.

— Qu'est-ce qu'il va devenir, ce pauvre trognon ?

— Un pensionnaire de l'Assistance Publique, ma chère amie, à moins qu'il n'ait quelque part entre France et Pologne une vieille grand-mère susceptible de le recueillir.

La Gravosse se met à chialer.

— Cette histoire est effrayante. Mais qu'est-ce qui se passe donc ?

— Des trucs pas ordinaires. Rarement vu un écheveau pareillement embrouillé.

— Qu'est-ce qu'on fiche ?

— Je vais vous mettre dans un taxi avec le môme et vous allez rentrer chez vous. Demain, quelqu'un ira récupérer le lardon.

La suggestion du chef n'a pas les faveurs de la Dondon dodue. Elle pousse un barrissement qui va réveiller certains pensionnaires du Cirque d'Hiver à quelque quinze cents mètres d'ici et, me devançant d'une formidable enjambée, se plante devant moi, les mains aux hanches.

— Est-ce que vous vous foutez de ma gueule, commissaire ?

— Quelle idée, Berthe !

— J'ai positivement dirigé c't' enquête depuis le début ! aboie le Dragon, j'ai découvert le bouton dans la bouche du Polak ; j'ai découvert la photo du blazer chez les bijoutiers, j'ai découvert la tête coupée rue des

Francs-Bourgeois, j'ai reçu le sang de la maman d'Antoine sur le portrait y a un instant t'encore et maintenant qu'on a accumoncelé des indices, vous venez me dire : « Rentrez chez vous pour pouponner, je me charge du reste ! » Non, sans blague ! De qui se fout-on ?

— Mais, ma bonne amie, on ne peut pas se baguenauder dans Paris à la recherche d'une équipe de tueurs avec un bébé ! A cette heure on ne trouverait personne à qui le confier, il est trois heures moins le quart !

La Sauvagesse me nettoie l'objection d'une main tranchante.

— Notre mouflard, dans sa combinaison, il ne peut pas choper froid et il a un sommeil de plomb, le salaud ! Ce sidi, étant donné qu'on enquête sur la mort de ses parents, il peut participer. Plus tard, quand on lui racontera, il sera content d'avoir fait son devoir. Alors moulez-moi avec vos taxis, compris ?

Mon silence ressemble tellement à un consentement que ça doit en être un.

— Bon, allons-y ! décide la cheftaine.

— Où ? demandé-je.

On déambule sur le quai, le long des immeubles vénérables. La lumière romantique d'un lampadaire me dévoile l'embarras de Berthe.

— C'est vrai, où qu'on va ? s'inquiète la chère personne.

Je souris.

— Rue des Francs-Bourgeois ! réponds-je.

— On retourne chez le môme ?

— Jusqu'à son immeuble seulement.

— Pour quoi faire ?

— Partant de là, nous chercherons dans le quartier un bistrot ouvert la nuit.

— Vous avez soif ?

— J'ai surtout soif de savoir, Berthe. Mme Kelloustik est allée téléphoner non loin de son domicile ; dans un endroit qu'elle devait connaître. Je veux retrouver cet endroit. Ses allées et venues, au cours de ces deux dernières heures, sont singulières. En pleine nuit, elle part avec son bébé pour appeler les bijoutiers de Saint-Franc-la-Père. Elle leur dit que « ça urge ». Puis elle retourne chez elle et couche son enfant qui s'endort. Après quoi elle repart... Où allait-elle, alors ? Une fois dehors, elle s'aperçoit qu'elle est suivie. Elle court. Elle va jusqu'à la Seine. Cherche refuge auprès d'une clocharde pouilleuse. Croyant le danger écarté, elle supplie la bonne femme d'aller récupérer son gosse.

Je marche de plus en plus vite en direction de ma bagnole.

— Savait-elle qu'il y avait une tête coupée dans son réfrigérateur ? demandé-je à la nuit.

La nuit reste silencieuse, mais c'est la voix de Berthe qui me répond.

— Naturellement qu'elle le savait, puisque les biberons s'y trouvaient aussi, dans le frigo !

— Supposons...

— Quoi donc ?

— Qu'on ait mis cette tête-là pendant qu'elle allait téléphoner. C'est au retour qu'elle la trouve. Elle s'affole et s'enfuit !

La Baleine dubitative de la hure.

— Si qu'elle se fusse affolée, elle aurait emmené son bébé cette fois z'encore ! Une femme qui s'enfuit n'abandonne pas sa progéniture...

Aurait-elle l'instinct maternel, l'Improductive ?

*
* *

Place des Vosges.

Merveilles! Je me suis toujours demandé pourquoi
Victor Hugo n'y habita que cinq ans.

Est-ce son amour de la gloire qui le poussa à aller
mourir avenue... Victor-Hugo?

Ah, que j'aime ces maisons de briques roses, ces
arcades basses qui font la ronde et ce demi-silence de
cour d'honneur. Le jour, on n'y entend que le ramage
des mômes et des oiseaux. Mais la nuit, les siècles
accumulés soupirent.

— En v'là un! clame dame Berthine.

Effectivement, les lumières d'un café, non loin de la
place, défoncent l'ombre croupie. Il faut descendre
quelques marches. On pénètre dans du tiède, dans de
l'accueillant. Des produits d'Auvergne sont accrochés
au plafond. Ça sent le vin honnête, le pain bis, la sciure.
Les tables brillent. Le bois rutile. Le bar ressemble à un
buffet champêtre. Il y a même un tonnelet ventru sur le
comptoir. Seul anachronisme : un juke-box pétaradant
de lumières. Pour l'instant, il broie du raisonnable, un
truc guitareux, qui sanglote dans la torpeur. Malgré
l'heure tardive, y' a du monde. Deux tablées de jeunes
gens. Les garçons sont barbus et fument la pipe. Les
filles montrent leurs cuisses encollées de saloperies de
collants (1). Tous discutent, l'air grave, de choses dont
ils croient qu'elles le sont aussi. Un type indécis d'âge et

---

(1) Il faut se faire une raison : le « collant » plonge San-Antonio
dans des accès de fureur qu'il ne peut plus contrôler. Aux psychiatres
de se prononcer sur son cas. (*Note du vice-sous-directeur adjoint au
directeur littéraire.*)

de position sociale boit seul au rade. Une femme au visage marqué par l'alcoolisme rêvasse devant son verre vide.

Le patron est à la caisse, l'œil encloaqué de sommeil. Il est rond, chauve, sérieux. Sa cravate usée pend comme une queue de vache : son garçon, un grand blafard aux manches de chemise roulées haut, fourbit son percolateur à la peau de chamois. Avec son tablier bleu, il ressemble plus à un jardinier qu'à un louf.

Berthe s'installe dans une stalle avec Antoine dans les bras.

— En tout état de cause, je prendrais bien un sandwich rillettes et un grand blanc ! me dit-elle catégoriquement.

Je m'approche du rade pour transmettre sa commande. J'y ajoute la mienne, à savoir un double expresso. Le barman continue de frotter son alambic. La fermeture n'est plus loin. Il tient à être paré pour l'heure « H », Prosper. Ne veut pas louper une seconde de liberté.

De voir toute la sainte journée des mignards se lécher les muqueuses, à force, ça lui stimule la nervouze. Il a hâte de rentrer chez lui pour ruer un petit coup dans son brancard avant de s'endormir.

— Dites donc, amigo !

Il s'arrête de briquer sa machine chromée. Son regard sombre est fatigué. Il a du bleu au menton et sur les joues. La barbe de l'avant-aurore accentue sa maigreur.

— C't' à moi qu' vous causez ?

— Penchez-vous un brin par-dessus le bastingage, vous apercevez le bébé, là-bas ?

« Vous ne le reconnaissez pas ? »

— Comment ça, le reconnaître ?

— J'ai l'impression qu'il est déjà venu dans votre établissement, il y aura bientôt deux heures. Il était dans les bras d'une jeune femme blonde qui a dû demander la permission de téléphoner par le 11, exact ?

Vous avez déjà vu, vous autres qu'avez de la religion avec la manière de s'en servir, ces gravures pieuses représentant les deux petits bergers de La Salette s'exorbitant sur l'apparition de la très Sainte Vierge Marie en 1846 (si mes souvenirs sont justes) ? Cette ferveur éblouie, Madame ! Les petits enfants de La Salette, ce qui les pétrifiait, c'était pas l'apparition en elle-même, en ce temps-là, on était conditionné pour, non, c'était de voir une « dame » si propre, si bien mise, si radieuse, si irradieuse.

Mon loufiat, il donne dans la miraculade, lui itou. Je lui éclabousse la rétine ! Lui embrase lentement. Je le bouscule de sa société de consommation. Je dois sentir le « merveilleux » à cette heure tardive. Je le déviole de sa routine. En cet âge véreux, on dérange les gens en leur donnant envie de produits dont ils n'ont pas besoin. On les tarabuste, d'une publicité à l'autre. On les agresse. On les envoûte. Et moi, je viens demander un sandwich-rillettes, un verre de blanc, un double expresso à un homme dont l'ambition majeure est de pouvoir contempler sa pauvre gueule dans un percolateur, et puis, dans la foulée, je lui raconte des choses de sa vie professionnelle. Une dame est venue, ce soir avec un bébé, pour téléphoner en utilisant le 11... C'est un commencement de début de conte de fées.

Comme les bons contes font les bons amis, il se fendille d'un sourire.

— Ben oui, fait-il... C'est juste. Comment vous savez ça ?

Je n'appuie pas sur mon triomphe.

— Vous la reconnaissez? demandé-je en montrant la photo trouvée dans le larfeuille de Vladimir.

— Oui.

— Elle a tubophoné à Saint-Franc-la-Père?

— Oui.

— Vous l'aviez déjà vue?

— Quelquefois, elle est du quartier.

— Personne d'autre que le bébé ne l'accompagnait?

— Non.

Je vous ai signalé un buveur solitaire, au rade, pas vrai? Si, si. Reprenez un peu plus haut, vous trouverez: un « type indécis d'âge et de position sociale », me suis-je complu à préciser.

Il avait probablement une manette qui traînait car le v'là qui s'approche de moi. Il porte un manteau trop ample. On lui en a fait cadeau ou bien il a beaucoup maigri.

Il a les cheveux gris, le teint pâle avec des marbrures bleutées sur les joues.

— Vous êtes le commissaire San-Antonio? me demande-t-il.

Bien que sa voix soit sans timbre, je sens qu'il va m'affranchir de quelque chose.

— J'essaie, ricané-je.

— Je vous reconnais, je faisais partie de la maison, moi aussi, jadis.

Il baisse le ton et jette, d'un air dégoûté, comme si l'énoncé de son nom constituait une atteinte à la paix ambiante du troquet:

— Paul Manigance!

Le blaze me rappelle vaguement une moche affaire interne. Un collègue de la brigade des jeux qui rançonnait certains clubs de la capitale. Y a longtemps : dix ans au moins...

Je regarde l'homme. Il fait songer à un curé défroqué. Il y a, chez les anciens poulets, ce quelque chose d'indélébile qu'on trouve chez les religieux en rupture de sacerdoce. Une manière de ne plus être comme tout le monde. Un embarras à terminer une vie initialement promise à un ordre ou à un état.

— Oh ! oui, je murmure en lui tendant la main.

Il hésite, surpris par la spontanéité de mon geste, cherchant à lire sur mon visage si je ne le regrette pas déjà. Puis il presse ma main. Ces dix années de bannissement ne l'ont pas arrangé, Manigance. Il est devenu veuf de la maison Pébroque. Mou et imbibé.

— Vous me permettez de jeter un œil à cette photo ? Je crois pouvoir vous être utile.

Je pousse l'image vers lui. Il regarde et opine.

— C'est bien elle.

— Vous la connaissez ?

— Tout à l'heure j'ai assisté à une scène curieuse. Cela remonte à une heure environ. Je venais boire un verre ici avant de monter me coucher : j'habite l'immeuble. Une fille m'a pratiquement bousculé. Au moment où elle coupait l'angle de la place, en diagonale, une voiture est arrivée à sa hauteur. Bagnole américaine immatriculée dans la Seine. Deux hommes se tenaient dans le véhicule en question. J'en ai distingué un seul... A cause de ses cheveux...

— Ils étaient blonds presque blancs ?

— Je vois que vous êtes sur la voie. En effet, on aurait dit un albinos. Ils ont ouvert la portière du côté de la femme. Le blond est à demi sorti. Mais la fille a rebroussé chemin et s'est sauvée en courant. Elle a disparu par la rue de Birague.

— Et les deux types ?

— Un instant j'ai cru que le blond allait la courser, mais peut-être à cause de ma présence, il s'est abstenu. Il a ri jaune, comme l'aurait fait un noctambule cherchant à lever une nana et ratant son coup. Puis ils sont repartis.

— Très intéressant, collègue, approuvé-je. C'est tout ce que vous pouvez me dire ?

— Hélas. Le numéro de l'auto m'a échappé. Un vieux réflexe : j'avais jeté un œil dessus. Mais trop tard, je n'ai pu lire que le 75.

Il sourit mélancoliquement.

— On se rouille avec le temps.

— Vous êtes dans quoi, maintenant ?

Il hausse les épaules.

— Dans la dèche. Bricoles et re-bricoles. J'aime mieux parler d'autre chose.

— Vous venez prendre un verre avec nous ?

— Si vous ne craignez pas de vous compromettre...

Je hausse les épaules. En plein complexe de culpabilité, lui aussi. Comme tant d'autres...

Le gars Antoine est réveillé, et le v'là qui rameute le bistrot. Les barbus révolutionnaires cessent de révolutionner, vu que le mougingue a pris le relais. Ils nous lancent des œillades irritées.

Berthe, en termes exquis, nous donne les raisons des protestations d'Antoine.

— Ce petit dégueulasse a ch... plein son froc ! annonce-t-elle. Faudrait le changer.

Elle va à l'abordage du taulier pour lui réclamer une

serviette éponge, mais l'autre rétorque que son troquet n'est pas une maternité, qu'il est pas le dirlo du « Belvédère » et qu'il faut être de la graine de pas grand-chose pour traîner un bébé dans un café à trois heures du matin. S'ensuit immédiatement de sévères fulminances de Berthy!

Pendant ce temps, le môme gigote dans ses langes abondamment souillés. L'ex-inspecteur-chef Manigance le maintient en gazouillant des « Bouzou vizou maïoue » qui feraient chialer un anthropophage au régime.

— Donc elle revenait ici, murmuré-je.

Etait-ce pour donner un nouveau coup de fil? A moins que...

— Un instant, fais-je en m'éloignant, vous surveillez le mouflet, collègue?

Il aime que je l'appelle collègue, Manigance. Ça lui remouille la compresse. Le plonge dans les félicités englouties. Son regard s'anime en entendant ce mot béni.

Je gagne le sous-sol où voisinent gogues et cabine téléphonique. Je m'engouffre dans cette dernière, ou plutôt m'y insinue, car elle est pourvue d'une porte à deux battants montés sur va-et-vient qui vous oblige à y pénétrer en faisant plusieurs voyages. La lumière s'éclaire dès qu'on pèse sur le plancher de la guitoune. Me faut pas deux regards pour retapisser le porte-cartes en cuir vert coincé entre deux piles d'annuaires. C'est bath, l'intuition poulardière, non? Illico il a renouché le topo, mon génial cervicot. *Thérèse Kelloustik est revenue ici parce qu'elle avait oublié son portefeuille.*

Je me saisis de la pochette de box. C'est un article de bas art, comme on en trouve dans les bazars marocains.

D'ailleurs c'est pas du maroquin. Des incrustations en fil de cuivre arabesquent sur le volet principal.

J'imagine la jeune femme affolée, avec le petit voyou dans les bras en train de faire drelin-drelin avec son hochet. Elle a plus songé au larfouillet. Seulement comment se fait-il qu'elle n'ait pas constaté son oubli au moment de payer la communication ?

A vérifier.

J'explore l'étui de cuir. Un billet de dix raides, trois pièces de cinq pions, de la mornifle fluette... Plus une carte d'identité à son nom : Thérèse Kelloustik, née Ramùlaux : 30 ans.

Presque la fleur de l'âge.

Celle, en tout cas, de l'âge adulte.

Une lettre ! Pliée menue, souvent lue, patinée par une manipulation frénétique. Les caractères sont d'un bleu incertain. Devait être au bout de son réservoir, le Bic de l'expéditeur. Y a des manques, des pâleurs... L'écriture est hâtive, pointue, convulsée.

Vous souhaitez avoir connaissance du texte, je parie ? Comment dites-vous ? C'est compris dans le prix du bouquin ? Vous avez acheté toute l'histoire au forfait ? Vous qui le dites, mes drôles ! Qui vous vend ce polard ? Mon néditeur, non ? Mézigue je m'ai engagé à rien, après tout. Je batifole un peu dans ces pages, je reste libre. Un jour, pour vous le prouver, je m'interromprai en pleine action. P't' être pour cause d'embolie ; mais p't' être aussi par fantaisie pure. Au moment crucial, juste comme la vérité va vous être déballée, lumineuse et totale. Boing ! Qu'est-ce qu'il découvre, le lecteur chéri en tournant sa page d'un index haletant (comme dit Claudel) ? La photo de mes fesses. Bien cadrées. Avec le mot « Fin » qui sortira de l'anus, dans un

ballon, comme sur les bandes dessinées. « Fin ! » Pareil
à une flatulence. San-Antonio aura enfin signé son
œuvre. Mis son paraphe solennel. Donné son bon à
retirer de la vente. « Fffffffin ! » Le pet, c'est le soupir
du romancier. Alors que le soupir, c'est le pet du poète.

Bon, v'là que je dérape. Vite : la bafouille pour faire
diversion ! Rouscailleur, mais généreux, je vous la livre
donc.

Que les mirauds chaussent leurs besicles car on va
vous l'imprimer en italiques.

> *Ma chérie,*
> *Je me doute de ce que tu dois éprouver. Mais tiens bon.*
> *Il faut coûte que coûte que je m'en sorte. Dès que ce sera*
> *réglé je te préviendrai. Si par hasard tu n'avais pas de*
> *nouvelles à la date prévue, tu peux soit téléphoner chez*
> *qui tu sais (son téléphone personnel est dans le carnet*
> *noir) soit, au cas où il ne serait pas de retour, appeler chez*
> *Naidisse au 132-24 à Saint-Franc-la-Père. Avec ce der-*
> *nier : prudence. Appelle dans la nuit pour plus de sûreté et*
> *sois brève.*
> *Fais des caresses à notre Tony. Ah ! comme j'ai hâte de*
> *lui mordre les fesses. Ça le fait tellement rire, le petit ange !*
> *Je t'aime.*
> *Ton Vladimir qui te demande pardon pour tout.*

Je me livre à une cascade de déductions en chaîne.
Mécanisme mental sûr et rapide, du genre de celui qui,
en quatre flashes, vous permet de conclure que le duc de
Bordeaux ressemble à votre postérieur comme une
goutte d'eau à une autre goutte d'eau.

Il se dit quoi donc, le valeureux San-A. dans sa
guérite à déconner ? Que Vladimir Kelloustik jouait

délibérément un gros coup afin de se sortir d'un merdier profond comme un tombeau. (Et il a perdu.) Qu'il était en cheville avec Naidisse fils, le crapulard. (Ça, je m'en gaffais chouïette.) Que c'est à Charles Naidisse et non au bijoutier que Thérèse était censée tubophoner. (Elle devait tout ignorer de cette famille.) Si Vladimir recommandait d'appeler le petit tricard de nuit, c'est parce qu'il savait que celui-ci irait se placarder chez ses vieux (chose qu'il a failli faire tout à l'heure). Enfin, et surtout, qu'il existe un certain « qui tu sais » que je veux connaître au plus tôt. Ce « qui tu sais » n'a pu affranchir Thérèse puisqu'elle s'est rabattue sur les Naidisse. Peut-être est-il absent ? Peut-être est-ce sa tronche qui réfrige dans le frigo des Kelloustik ? Mystère.

Provisoire j'espère.

Et vous aussi, vous l'espérez, mes tantes !

Une effervescence (de la super) me dégouline de l'étage au-dessus. J'empoche mes trouvailles et je regrimpe quatre à quatre et à un l'escalier (il ne comporte que neuf marches).

Nature-liche Mistress Berthaguche fait encore des siennes. Tous les révolutionnaires angoras la cernent et l'abreuvent de quolibets. On se croirait revenu à ce merveilleux mois de mai 68. Imaginez une bande de manifestants de l'époque cernant une pissotière où se serait réfugié un C.R.S. !

Faut dire qu'elle prête le flanc à la boutade, dame Béruche.

Le flanc et autre chose aussi, que j'ose dire.

Ses nichemards, les gars ! Ses mamelons d'Espagne ! Ses pastèques ! Ses outres ! Ses bonbonnes ! Ses citernes à ma zoute ! Ses boutanches de Butagaz ! Ses flotteurs de

pédalo ! Ses extrémités de Boeing ! Sa société fermière !
Ses french Caen-Caen à la mode de tripes ! Sa raffinerie
de Feyzin ! Ses ballons d'Alsace ! Son tournoi des cinq
nations ! Ses bathyscaphes ! Ses hauts-reliefs ! Son tem-
ple d'Encore ! Ses minarets ! Ses énormités ! Ses vache-
ries !

Berthe torse nu, mes pauvres poules. Vous me lisez
bien la prose ? *Torse nu !* Lui subsiste que sa miculjupe,
à la Baleine. Le reste s'étale, en chair et en noces, en
graisse, en cellulite, en entier. Ça protubère, ça dilate
partout, ça cascade, dévale, monumente. Une agression
généralisée ! Une atteinte à l'épingle de sûreté de l'étal !
Une basculée de bidoche où moutonnent des vagues.
Elle en jette, elle en perd. Y a des surplus effrayants !
Des déferlements impétueux. Devant ce flot on reste à
distance. On évalue le sinistre en puissance. On imagine
ses conséquences les plus funestes.

— Un mec qui serait pris là-dessous ! déclare un
grand frisé, on pourrait jamais lui porter secours à
temps. Faudrait trop de matériel. Des palans, des crics,
de la main-d'œuvre. L'asphyxie serait trop rapide ! Et
puis rien que le poids, déjà ! Il aurait les reins brisés !

— Ouais, renchérit un petit aux narines décapotées,
le plan *Or sec* serait débordé une fois de plus. Messieurs,
je dénonce l'incurie des Ponts et Chaussées qui n'a pas
pris les mesures qui s'imposaient. Il fallait tendre des
grillages. Placer des panneaux de signalisation. Y a-t-il
seulement un poste de la Croix-Rouge dans le secteur ?

— Je les reconnais parfaitement, continue un moyen
qui ressemble à un moyen, ils se situent dans la chaîne
de l'Himalaya, à gauche de l'Everest quand vous sortez
de la gare ! Je crois que c'est le *Bhong* et le *Tchou !* Leur

altitude exacte, je ne saurais vous la préciser, mais elle avoisine les sept mille mètres !

La Gravosse reste indifférente à ce flot d'éloquence. Elle est trop accaparée par sa noble besogne, laquelle consiste à langer l'enfant !

A le culotter, plus justement.

Et savez-vous comment elle opère, la digne femme, que trop avons critiquée et si trop souvent ?

Au moyen de son soutien-loloches, mes minets ! C'est pas de l'héroïsme, ça ? C'est pas de la puériculture poussée au sublime ? Elle a déchiqueté son monte-charge. Chacune des poches percée de deux trous à l'aide du couteau tartineur constitue désormais une ample culotte dans quoi Antoine se drape majestueusement. Il ressemble à un petit Iranien. Le futal cosmonaute, si vous entrevoyez ce que je sous-entends ? Avec un tel grimpant, tu peux accomplir la virée Terre-Mars et retour sans te préoccuper où sont les cagoinsses.

Il chiale plus, Tony.

La misère de sa condition, ce sera pour plus tard. Quand il pigera le topo. Pour l'instant il suçote un biscuit, s'en barbouille la frime, le racle de ses deux premières dents.

— Berthe, voyons ! sermonné-je.

Elle hausse les cro-magnons qui lui servent d'épaules.

— Et quoi donc ! A la guerre comme à la guerre ! rebuffe la harpie en charpie ! Si ce bougre de pingre de taulier aurait accepté de me donner un bout de misère de serviette-éponge, je n'eusse pointu recours à cet expéditeur, commissaire ! La nécessité rend ingénieur, comme disait M. Hippolyte, mon dernier patron.

Pris à partie, le propriétaire de l'estaminet proteste en termes hachés par la troublance. Il a moulé son tiroir-

caisse pour venir assister à la séance. Il est aux first
loges. Il pantèle de la rétine à loucher sur les rotondes à
Berthe.

— Je croyais que c'était une plaisanterie, chère
madame. Si je puis vous être utile...

— Trop tard! coupe la Mahousse. Vous n'avez pas
de soutien-gorge de rechange, non? Alors, bon, dites
plus rien. Les pompiers qui se pointent après le feu, j'en
ai rien à branler.

— Attendez-moi là, je reviens, fais-je à la noble
femme.

Je sors du troquet. La place est plus déserte que la
conscience d'un huissier. D'une beauté irréfutable,
comme dirait un critique d'art.

Pourtant j'entends un pas derrière moi. C'est l'ex-
inspecteur Manigance.

— Monsieur le commissaire, bredouille-t-il, vous me
permettez de vous accompagner? Cette nuit me rappelle le bon temps... J'ai l'impression de...

Sa voix s'enraye. Il toussote. Il voudrait s'expliquer,
renonce et marche à mon côté, le dos rond. Il a l'air
vieux et lent.

Je lui mets la main sur l'épaule.

— Venez, collègue, venez. Je vais tout vous raconter
et peut-être saurez-vous me conseiller? Lorsqu'on voit
les choses à plat et avec du recul, on est meilleur juge...

Il me presse le bras en signe de reconnaissance. Je
veux pas le regarder, mais je vous parie qu'il chiale!

CHAPITRE V

RRRRRAN !

Les Chinois, je vais vous dire... Leur seul point faible, c'est l'alphabet : y seront coincés par là. Je pressens. J'ai des visions de prophète, parfois. Et ça me colle des vapeurs ardentes. Comme me le disait récemment le père Bruckberger : « Tous les prophètes ont la trouille. Ils annoncent les catastrophes aux foules ahuries, après quoi ils courent se mettre à l'abri. » Il a raison, le cher grand Bruck. C'est à l'intensité de sa frousse qu'on retapisse un vrai prophète, le différencie d'un prophète de banquets. Pour les Chinois, je vous y reviens, je les joue gagnants because la loi du nombre, des grands nombres, seulement c'est après qu'ils seront marron, les Jaunes. Pour se maintenir faut qu'y ait échange intellectuel. Or eux, y z'ont pas suffisamment de petites pagodes et de poils-de-cul-à-virgule dans les casses de leurs imprimeries pour établir une continuité de langage. Avant de se fignoler une bombe « H », ils auraient dû stabiliser leur langue.

Pourquoi je songe à eux ? Parce qu'après le résumé des chapitres précédents que je viens de dresser pour Manigance, ce dernier ne cesse de murmurer : « C'est du chinois, c'est du chinois. » Et qu'il suffit de pas

grand-chose pour m'aiguiller la gamberge sur des voies
de garage imprévues.

— Du chinois ! redit-il pour la énième fois plus une...
Une tête coupée chez cette jeune mère... et puis
l'assassinat de cette dernière... Pourquoi, selon vous,
l'a-t-on tuée, monsieur le commissaire ?

Il reprend nettement du poil de l'ablette, le ci-devant
poulet. Chassez le surnaturel, il revient au galop,
comme disent les Lourdais. Flic pourri, il fut, mais flic
authentique il demeura malgré tout.

— *Elle a été tuée parce qu'elle devait savoir quelque
chose de terriblement compromettant pour quelqu'un, mon
bon.*

« Et le plus étrange c'est qu'elle n'avait peut-être pas
conscience de ce « quelque chose ». »

— Nous allons chez elle, n'est-ce pas ? demande Paul
Manigance.

— En effet.

— A la recherche du carnet noir où se trouve
consigné le numéro de téléphone de non-nommé « qui-
tu-sais » ?

— Bravo, collègue. Je vois que votre matière grise ne
s'est pas encrassée, elle fonctionne toujours comme aux
jours P.J !

Il soupire.

— Ne me remuez pas le couteau dans la plaie,
monsieur le commissaire. Quand je pense que je serais à
deux doigts de la retraite maintenant !

Les hommes sont incohérents, non ? En v'là un qui
regrette la rousse parce que s'il ne s'en était pas fait
éjecter, il serait sur le point de la quitter ! Ça boitille de
la gamberge, ici-bas. Les mecs trébuchent en pensant.
On se farcit l'escalier de l'immeuble aux Kelloustik,

ouvrir leur porte ne me pose pas de problo. Je retrouve, non sans angoisse, l'appartement qui sent le bébé et la bouillie brûlée.

— *Elle* est dans le réfrigérateur, dites-vous ? murmure Manigance.

— Ouais, si vous avez envie de sensations fortes, ne vous gênez pas pour moi.

Tandis qu'il va se régaler, je commence à explorer le livinge. Je n'y dégauchis rien qui ressemble à un carnet noir. J'ai beau fouiller, mater sérieusement dans le linge le plus intime, sortir les tiroirs et palper le matelas du canapé-lit après l'avoir développé, je reste sur ma faim.

Là-dessus, Manigance revient, la figure plus blanche qu'un voile de mariée.

— Pas jojo, hé ? lui lancé-je.

Il secoue la tête.

— Mais, monsieur le commissaire... Mais...

Son regard m'affranchit. Il me mate comme s'il redoutait que je fusse jobré. C'est éloquent, vous savez. On ne regarde pas un dingue comme on regarde la mer de glace ou une exposition des maîtres hollandais et flamands du XVᵉ.

Je l'écarte d'une bourrade peu amène (et pourquoi amènerait-elle puisqu'elle est destinée à repousser ?). La porte du frigo est ouverte. Vous l'avez déjà deviné car il n'est besoin ni d'être sorcier ni d'avoir lu toute la Série Noire pour le comprendre : la tête a disparu. C'est là un coup de théâtre facile, du tout premier degré, assez indigent même, je me repais à l'admettre, et qui, déjà au XVIIIᵉ siècle, faisait ricaner Mᵐᵉ Agatha Christie, alors à ses débuts. Si j'en use, croyez-le bien, ce n'est pas par faiblesse intellectuelle, non plus que par relâchement professionnel, mais tout bonnement, mes très chers frères humains, parce que c'est l'expression de la vérité la plus vraie. Alors ne croyez pas à un expédient facile. Ne me soupçonnez pas de bâclage (ou de débâclage) et avalez sans barguigner la petite pilule ci-dessus. Il faut beaucoup de courage à un homme de ma trempe pour abonder dans le sens de la réalité lorsqu'elle adopte des péripéties aussi sommaires. Qu'on se le dise et qu'on ne me fasse pas tarter.

Plus de tronche ! Plus de trace de tronche ! Je ne trouve même plus l'assiette sur laquelle reposait le chef du décapité. Fini, envolé ! Le coup de baguette magique ! En somme, dans ce truc insensé que j'ai l'honneur et le désavantage de vous narrer, tout se déroule à contretemps. Après moult chichiteries, la môme Rebecca se casse au moment où je vais lui poser des questions intéressantes. Le fils Naidisse se pointe chez ses vieux alors que je m'y trouve et s'enfuit en emmenant la mère Pinuche ! Je tombe chez les Kelloustik après le départ de Thérèse. La poissarde me conduit à elle après qu'on l'ait dessoudée. Et quand je rejoins l'appartement du Polonais pour mettre la paluche sur son carnet d'adresses, non seulement ce dernier reste introuvable, mais, de plus, la tête coupée du réfrigérateur s'est absentée. A croire qu'un esprit malin se plaît à foutre la merde en décalant simplement mes investigations d'une poignée de minutes par rapport aux mouvements des criminels. Du Feydeau ! Qu'on réajuste nos actions communes et y a plus d'intrigue ! Une porte se ferme, une autre s'ouvre. Il est passé par ici, il s'en est allé par là ! A toi, à moi ! Je rentre, tu sors. Ça fait du ressort ! Tandis que je fonçais au pont Marie, les gus sont venus fouiller la crèche de leur victime. Ils ont emporté la trombine sectionnée.

Perche? Généralement on cherche à se débarrasser par tous les moyens de ce genre de gadget. On le flanque à la poubelle, on le colle à la consigne, on l'adresse par la poste aux petites sœurs des pauvres, mais en aucun cas on ne s'emmène promener avec.

— Rassurez-vous, Manigance, je ne suis pas fou, assuré-je à mon collaborateur d'une nuit. Seulement des gens sont venus prendre (ou reprendre) la tête.

— Les deux types de l'auto?

— Je le présume excessivement.

— Dans quel but?

— Là, vous m'en demandez trop. Lorsque je serai en mesure de vous répondre, l'affaire sera résolue. En attendant, j'aimerais bien dénicher cette saloperie de carnet noir.

— Et vous ne l'avez pas trouvé?

— C'est pourtant pas que j'aie bâclé le turbin, dis-je en montrant le studio mis à sac et à sec (sic).

— La femme l'avait peut-être pris avec elle pour aller téléphoner? suggère l'ancien policier.

— Probablement.

Ça répond même à une question que je me posais. Je me demandais comment elle avait pu oublier son portefeuille puisqu'elle devait payer sa communication. *Réponse :* elle avait de l'argent dans le carnet noir. *Conclusion :* le carnet noir est sans doute encore sur elle, dans une poche de sa veste. *Décision normale :* retourner au pont Marie pour fouiller le cadavre. J'ai bien fait de ne pas encore affranchir police secours.

*
* *

Lorsque vous passez une nuit blanche (en l'occurrence ce serait plutôt une nuit rouge), il arrive un moment où toute fatigue vous abandonne. Vous trouvez un second souffle et vous voilà en pleine bourre.

C'est ce qui s'opère en moi quand je retrouve l'air frais de la rue. Une grande légèreté intérieure, plus une agilité d'esprit surprenante.

Par contre, Manigance traîne la grolle. Il marche mou, somme s'il arpentait un trottoir en Dunlopillo.

— Vous semblez fatigué, collègue?

— Je le suis. J'ai le cœur patraque et ces étages m'ont coupé les pattes. Je crois bien que je vais aller me pieuter...

— Vous devriez, en effet.

Je m'arrête parce que je viens d'aviser de la porcelaine brisée, au beau milieu de la street. Il y a des morcifs sur plusieurs mètres. Un petit rectangle blanc orné d'une fleurette sommairement peinte gît devant la pointe de mon soulier. Je shoote dedans et il va ricocher loin, le long des façades grises.

Rrrrran! Une pensée me survole l'entendement. Inondée de lumière. Une pensée boréale, mes chéries.

Une pensée qui ne saurait ni vous venir, ni vous convenir, ni vous circonvenir, vous autres dont le cerveau se situe dans la catégorie poids plume (1).

J'en suis tellement joyce que j'en allume un cigare. Me reste un Upmann, par miracle. Je le dégage de son étui d'aluminium. Quand je dévisse le *contner* d'un

_____

(1) Y'a des gonzesses qui se demandent « pourquoi que... ». Signalons-leur au passage qu'un cerveau de femme pèse de 800 à 1 000 grammes, tandis qu'un citron de matou va de 1 200 jusqu'à parfois 2 000. A bonne entendeuse, salut! S-A.

Upmann, maintenant, j'ai l'impression de fracturer la tirelire à M. Charière.

J'allume et tète.

— J'ai été heureux de vous voir, commissaire, murmure le bon Manigance, lorsque nous sommes revenus devant le bistrot. Une bonne bouffée d'autrefois... J'espère que vous mènerez à bien cette sombre affaire.

— Espérons-le, Manigance. Merci de votre précieuse participation. Dormez bien et ne pleurez pas trop le passé, ça ne le fertiliserait pas.

On s'en pétrit un paquet et je le moule pour rejoindre Berthe.

Elle s'est refringué l'hémisphère nord et les demi-sphères, la Vachasse. Les révolutionnaires l'ont adoptée. Ils trinquent à qui mieux mieux sous l'œil songeur du taulier chauve. Antoine en écrase sur une banquette. Le juke-box a beau ronfler et débiter de l'Armstrong soufflé en cuivre argenté, ça le laisse de marbre.

— Je lui ai filé un petit biberon, annonce la monstrueuse. Juste avec un doigt de rhum dedans pour lui juguler les froideurs du pont. C'est un vrai petit homme que ce chiare. Il a gobé ça comme du Nestlé pur fruit ! Mais qu'avez-vous, mon cher Antonio, vous me paraissez mot rose ?

— Berthe ! Arrivez, le temps presse !

Elle va récupérer le bébé, pendant que je douille les consos.

Nous partons, d'un pas pressé.

— Vous ne prenez pas la voiture ?

— Inutile, je retourne rue des Francs-Bourgeois.

Je marche vite. La Dodue s'époumone à me suivre. Comme je débouche dans la rue de Kelloustik, une ombre se coule hors de son immeuble. Merde, *il* a fait vite ! Je m'élance. La silhouette détale dans le sens opposé. C'est vrai qu'il a le palpitant foireux, Manigance. Le quinze cents mètres, c'est plus pour ses pieds. Je gagne sur lui. Faut dire aussi que sa course est gênée par le baluchon qu'il tient sous le bras.

Il ne tarde pas à piger que tout espoir est vain. Alors le v'là qui stoppe dans la rue. Au beau mitan. Il dégaine un pétard et se met à nous praliner, la vache !

Ah, mince, je m'attendais pas à une pareille réaction ! Une bastos ricoche sur les pavetons. Puis une autre fait dégueuler la vitrine d'un teinturier. Il est devenu complètement azimuté, l'ancien royco ! Qu'est-ce qu'il espère ? Nous étaler dans le ruisseau et partir en vacances ?

Le bébé se met à hurler.

— Il a touché le petit ! barrit Berthe. Assassin ! Enfantrucide !

« Touché le petit ! »

L'exclamation me sort des torpeurs. Je vois pourpre ! Je vois grenat ! Je vois violet !

Ma pétoire est déjà dans ma main. Pas de sommations ! Je défourre. Une seule prune. A la volée. En voltige. Bras tendu. Sans viser ! D'instinct ! Pan !

Manigance fait « hou ».

Ou un truc de ce goût-là.

Et il s'enroule sur le pavé gras.

Je m'approche de Berthe.

— Le petit ?

Elle l'a déposé sur le bord du trottoir pour mieux l'examiner. Soudain elle rit et sanglote. Les deux à la fois.

— Non, non, regardez... Sa combinaison est trouée à

l'épaule mais il n'a rien... Une trace rouge, comme une brûlure légère... Il s'en est fallu d'un rien... Ah, mon trésor, mon zigouzizi, ma guenille ! Ah, ma praline ! Ah ! chérinouchou ! Ah, salaud ! Ah, petite fleur ! Mfoua, mfoua ! Grelegrele ! Rien ! Il est indemnisé ! Jésus l'a protégé ! J'ai senti passer la balle ! Entre mon sein et mon bras. Sauvé ! Un miracle ! Merci, Seigneur !

La réaction s'opère chez la Gravosse. Elle hoquette une prière : « Notre paire qu'êtes soucieux... Je vous marie, salut !... Je croise en deux !... Elle entremêle, déforme, contorsionne les litanies, en fait des lithinés.

Le mignonnet se calme, intéressé par la démonstration de la Bérurière. M'est avis qu'il a déjà le sens du pittoresque, Antoine. Il commence à se faire une certaine idée de l'existence.

Rassuré sur son sort, je fonce vers Manigance. Je ne sais pas où il a effacé ma balle, en tout cas elle lui met un terme, à ce saligaud. Il râlotte faiblement. Des geigneries lui nébulent du pif. Ses mains raclent la chaussée.

Je vous passe sur les charognards qui accourent. Sur les fenêtres qui s'illuminent. Toujours pareil, quand on algarade en ville ! Les badauds pullulent comme des cellules en tumeur. Faudrait toujours pouvoir abattre les crapules en rase cambrousse.

Je m'agenouille près de Manigance. Son baluchon gît entre ses jambes. Je commence par le cramponner. La tête coupée, il l'a simplement enveloppée de son loden râpé. Elle doit être un peu cabossée à c't' heure. Vous pensez, il l'a virgulée du troisième étage, dans la cour... tandis que je fouillais le studio des Kelloustik à la recherche du carnet noir.

Son tort, ç'a été de vouloir se débarrasser aussi de l'assiette sanglante. Il a joué au discobole, l'ancien poulardin. La bouille, ça faisait un bruit mat indiscernable depuis le troisième étage, mais la porcelaine, en éclatant, aurait attiré mon attention. Alors il l'a lancée depuis la fenêtre de la cuisine, par-dessus le toit, et elle est allée se fracasser dans la rue, loin de mes tympans.

Dès que nous nous sommes quittés, après qu'il eut vu que je pénétrais bien dans le bistrot, il a couru récupérer le monstrueux trophée.

— Vous m'entendez, Manigance ?

Ma question marque son envolée. Il ouvre tout grand le clappoir et reste immobile, le regard braqué sur son manteau roulé.

Mort !

La sirène acide du car de « Police Secours » retentit déjà. Ils n'ont pas perdu de temps, les réveillés de la rue.

D'un geste expert, je fouille les poches de l'ancien flic. Je sucre un vieux portefeuille ravagé, presque vide, mais dans la poche arrière du futal je trouve une liasse de billets de banque. Des gros, des verdâtres ! A vue de blair, une bonne briquette ancienne. On dirait que ses affaires étaient prospères à mon « collègue » !

Est-ce tout ?

Nonobstant un couteau de poche, un mouchoir sale, un paquet de cigarettes fripé et une pochette d'allumettes réclame, oui.

— Qu'est-ce que c'est, qui êtes-vous ?

Les chevaliers de la pèlerine roulée fendent la foule à coups de derrière, d'épaule, de genou, de pied et de coude.

Le brigadier commandant l'escouade me prend au collet. Je lève la tête, il me reconnaît.

— Oh ! pardon, monsieur le commissaire !

Je n'ai pas envie de lui gazouiller des « y'a-pas-de-mal-mon-brave-vous-ne-faites-que-votre-devoir ».

— Embarquez-moi ce gus à la morgue, et faites attention de ne pas égarer son arme.

— Parfaitement, monsieur le commissaire. Vous n'avez pas de mal ?

— Non.

Je me tire en plein laconisme.

— Berthe ! Où êtes-vous ?

— Par ici ! lance la Musculeuse.

Au milieu d'un groupe avide, elle parle à plein, la Dubaril. Raconte le comment du pourquoi de l'à-cause. Ce gredin, ce bandit, cet assassin qui ose défourailler sur un bébé de sept mois ! On n'avait encore jamais vu ça depuis les procès des parâtres et le règne des nazis. La mort est trop douce pour cet être sans cœur ! Faudrait des sévices longs et tortueux. L'Aubagne à père pète huis thé (1) !

Je l'embarque, elle et son lardon, vers des régions plus tranquilles. Moi, vous me connaissez ? Dès que ça cacate de la populace, je m'esbigne. J'ai horreur du badaud ! Me faut la paix urbi et orbi. Surtout pas qu'on me concasse les noix avec des salves connesques ! Des questions, des considérations, des interjections et toutim.

On se rapatrie sur ma bagnole meurtrie et on fait coucouche-banquette à Antoine. Vous voulez que je vous dise un truc gonflant, au passage ? J'ai toujours mon cigare au bec. Il est un peu mâchouillé et il s'est éteint, mais il est là, planté dans mon portrait. Il

_____

(1) S'il me reste un peu de temps, je vous en pondrai tout un paragraphe, commak. C'est très rigolo.

commence à puer le barreau de chaise froid. J'ai bien envie de le jeter.

J'attire votre attention, les mecs. Car c'est là que va s'opérer le tournant de l'enquête. A ce point précis que le destin va foutre son grain de sel dans ma béchamel. La pichenette du hasard. Si je jette mon Upmann, rien ne se passera d'important. Si je le rallume, tout se déclenche. L'affaire est en équilibre instable au bout de mes lèvres. Il suffit d'un rien... D'un goût dans ma bouche. D'un détail si petitement menu qu'on n'ose plus respirer de peur de le balayer comme de la poussière.

Déjà je saisis l'énorme mégot entre le pouce et l'index. Déjà je baisse la vitre pour le flécher au caniveau. Le sort est-il joué ?

Presque... Mais mes glandes salivaires interviennent. Mes papilles gustatives réclament. Elles en veulent encore. Bon je renfourne l'Upmann. Dès lors, les choses vont prendre un tout autre aspect. C'est aussi con qu'une tyrolienne, mes fieux.

Etudions bien mes faits et gestes. Décomposons mes mouvements. Un peu de minutie, que diable ! Freinons les instants échevelés pour les rendre plus compréhensifs. Le ralenti est une forme de grossissement.

Je viens d'emboucher le moignon de cigare. Berthe me parle. J'oublie ses paroles. Ne veux considérer de ce moment d'exception que l'essentiel. J'enfonce la touche noire de l'allume-cigare au tableau de bord. Quelques secondes suffisent à porter ses filaments à l'incandescence. Mais le laps de temps habituel s'écoule sans que l'engin fasse entendre son déclic. Probable que le chetar qu'on s'est payé dans l'arbre, tout à l'heure, a détraqué le bidule.

Je mets alors la main à ma poche pour me rabattre sur

des alloufs. Et je sors la pochette prélevée sur Manigance. Je gratte une bûchette. La flamme s'épanouit au
bout de sa branche, fleur merveilleuse et éphémère.

L'espace d'une seconde, que dis-je ! d'un poil de cul
de seconde, je mate le texte réclame écrit sur la pochette
d'allumettes. Il ne me bondit pas à pieds joints dans le
caberlot. J'avoue : me faut un brin d'instant pour
réaliser. Puis je tressaille, ainsi qu'il sied. Je donne le
plafonnier. Je lis à œil reposé les lignes imprimées en or
sur fond noir.

Quelque chose de chaud, de suave, d'harmonieux, de
velouté, d'odorant me pénètre. C'est beau comme du
Mozart sur fond de crépuscule au bord d'un lac.

Et puis, comme un bonheur ne vient jamais seul, je
déniche un numéro de téléphone écrit à la main sur le
volet intérieur de la pochette.

C'est plus fort que moi : j'embrasse Berthe !

Y'a des moments, parole, on n'a pas le temps d'être
pudique. La pudeur est une manifestation de l'oisiveté.
Bien attendu, la Vorace s'y méprend.

— Ah, chéri, bagouille-t-elle (1) je savais bien que tu
y viendrais !

— Je n'y viens pas : je vais y aller, rétorqué-je.

Elle continue d'abonder dans le quiproquo.

— On va à l'hôtel ?

— Non, ma belle Hélène à poire majuscule, il ne
s'agit pas de polissonneries mais de boulot !

— Encore ! navrance la Dodue.

— Et toujours, terminé-je avec feu, flamme et fougue. Si l'homme met tout son cœur à sa tâche, c'est

(1) Mince, je viens d'inventer le verbe « bagouiller ». En ben, si je
m'attendais à ça !

parce que sa tâche lui tient à cœur, Berthe. Pour un homme, se reposer, c'est faire l'amour, tandis que pour une femme, se reposer c'est ne plus le faire. Là est la différence, ô tendre compagne d'équipée. L'objet de mon exaltation ? Imaginez, ma chère et valeureuse amie, que je viens de découvrir fortuitement la tringle sur laquelle coulissent tous les anneaux du rideau.

Elle n'a pas lu Esope, la Bérurière. Elle fabule mal. Ça se coince dans l'engrenage de son vidéo personnel.

— Qu'entendez-vous par là, Antoine ?

— Brève récapitulation pour les nécessités de l'enchaînement, annoncé-je. Qui fait démarrer toute l'histoire ? Réponse : Rebecca ! A son domicile gît Kelloustik. Elle est la tante du garnement qui a enlevé Mme Pinuche et dont un bouton de blazer servait d'hostie au défunt Polak. Et à l'instant, madame Bérurier, à l'instant je viens de découvrir un lien — ténu sans doute, mais réel — entre elle et le triste Manigance.

— Pas possible ?

— Si. Ça !

— Ceci ?

— C'est ça !

On fait un bruit de scieurs de long dans la forêt viennoise avec nos exclamations.

La Belle de Tabour empare la pochette d'allumettes.

Elle ligote le texte laborieusement. Car les cons ne savent jamais lire vraiment couramment lorsqu'ils sont vraiment cons. Les mots sont des sillons dans lesquels trébuche leur sottise.

— Si vous voulez aller de l'avant, laissez faire Néo-Promo, ânonne la nonne bien honnête, 813, avenue Kléber, Paris.

Berthe hoche la tête (son chef étant trop surmené pour être branlé).

— Je pige pas, avoue-t-elle.

— Parce qu'il vous manque un élément, ma tendre camarade : Rebecca travaille à Néo-Promo !

Je renfouille la pochette.

— Si vous voulez aller de l'avant, ricané-je. Tu parles !

CHAPITRE VI

TZIM !

Courteline affirmait qu'un ministère est un endroit où ceux qui arrivent en retard croisent dans l'escalier ceux qui partent en avance.

Je lui emboîterais volontiers la plume pour ajouter que Paris est une ville où on peut quitter les bistrots qui ferment pour pénétrer dans ceux qui ouvrent.

Ainsi ai-je la chance de dégauchir, bien qu'il soit quatre plombes of the mat, un troquet minuscule animé par un bougnat ultra-matinal et intensément moustachu. C'est le café-charbon de jadis, en voie de disparition. Faut venir dans le Marais pour dénicher les ultimes. La façade est étroite, d'un brun presque noir, avec des vitres dépolies ornées d'arabesques romantiques. A l'intérieur on découvre un rade en zinc (et non un zinc en rade), des paquets de bois ligotés avec du fil de fer, un poêle rougeoyant, un plancher disjoint, une trappe de cave et des calendriers-réclames vantant des apéritifs qu'on ne trouve plus qu'au musée de l'Ivrognerie.

Ça renifle le boulet Bernot et le café confectionné à la cafetière reversible (forme suprême du modernisme dans ce genre d'endroit).

Le taulier nous mate d'un regard soucieux. Il porte

une veste de coutil noir et une casquette et il est bien entendu que pour lui, bien qu'il vive à Paris depuis cinquante ans, Saint-Flour est la véritable capitale de la France.

— Deux jus, patron ! Des grands...

Le téléphone est accroché au mur, entre le renfoncement où s'amoncellent les paquets de charbon de bois et le placard servant de cuisine. Des annuaires loqueteux sont empilés sur une table, au-dessus du poste, en un équilibre précaire, qui n'est guère assuré que grâce à l'esprit coopératif des araignées.

Je choisis l'exemplaire où la classification s'opère par numéros (les plus rares). Et je cherche l'abonné correspondant à celui noté sur la pochette d'alloufs. Un jeu d'enfant.

« Just Huncoudanlproz » lis-je mezza voce et in petto, 16, quai du Général Foudroyet, Nogent-sur-Marne.

Le nom ne m'apprend rien.

Le bougne nous aligne deux tasses ébréchées dans lesquelles il verse un caoua plus parfumé que le Brésil. Il y jette deux sucres, comme à un Médor, plante des cuillers en alliage désargenté dans le breuvage, après quoi il crache dans la sciure du parquet et brouille ses éventuels bacilles d'une semelle stérilisante.

— Essayez voir un peu d'occuper le taulier, ma chère ! soufflé-je à Berthe, en même temps que sur ma tasse brûlante.

Faut rendre à César ce qui appartient à Pompée : Berthe se montre auxiliaire de valeur. Toujours à la pointe de l'action, la chérie. Déclenchant des coups de main d'envergure dès que l'ordre lui en est donné.

— Patron, roucoule la Vachasse, vous avez des pipiroumes ?

Le bougne qui se servait un calva (on peut-être farouchement auvergnat sans pour autant dédaigner les produits normands) renifle des hypothèses.

— Des quoi donc ? bougonne-t-il à l'extrémité de sa méditation.

— Des walter-clozèdes, traduit ma compagne.

— En somme, vous voulez dire des chiottes ? synonyme le digne enfant du Cantal.

— Positivement, confirme Berthy.

Le bistrotier réfléchit un instant, comme si on lui parlait d'un lieu où il n'aurait plus eu l'occasion de se rendre depuis la guerre et dont l'itinéraire à suivre pour s'y rendre serait enfoui dans sa mémoire. A la fin il décroche un os à moelle qu'une forte corde unit à une forte clé.

— Voilà, dit-il. Quand vous sortez, tournez à gauche. Allez jusqu'à l'impasse d'à côté. Pour lors, vous entrez dans la première maison à gauche. Au fond de la cour y a des voitures à bras. Derrière se trouve la porte d'un n'hangar. Vous ouvrez l'hangar avec c'te clé. Le bitougnot électrique est à gauche. Au fond de l'hangar vous apercevrez la porte des chiottes, vous pouvez pas vous tromper, on a peint un « M » à l'envers et un « C » dessus et un de mes anciens commis qu'avait des dons a dessiné une grosse paire de miches en train de bien faire. Surtout oubliez pas d'éteindre en repartant !

Berthe remonte Antoine sur son bras.

Elle minaude.

— Soyez chou, accompagnez-moi, je suis si tellement bécasse que je trouverai jamais.

La voix est douce comme une cuisse de rosière ;

l'œillade plus sombre que l'anthracite du négochiant (1). Un court bout de moment, j'ai l'impression
que le moustachu va expédier la Goulue sur les roses, et
puis il se décide.

— Bon, v'nez!

Au passage il me décoche un regard plus chargé de
mépris que la missive d'un papa à un suborneur ayant
engrossé sa fille et l'ayant quittée en lui laissant la vérole
en prime (2).

— Y a des femmes, marmonne-t-il, on se demande
leur homme à quoi il sert.

Sur ces fortes paroles, le bougnat *exit*.

Illico, je me jette sur le téléphone comme un naufragé
sur un radeau pneumatique. Personne (sauf peut-être
un composeur automatique) n'est capable de former les
sept chiffres d'un numéro aussi vite que moi, même si le
numéro en question comporte plus de 9 que de 1.

Le temps pour un bègue de compter jusqu'à six et v'là
la sonnerie d'appel qui retentit, là-bas, sur les rives
ensorceleuses de la Marne si chères au regretté maré-
chal Galliéni. Tiens, encore un militaire qui a *pacifié* des
tas de bleds : le Tonkin, Madagascar... et d'autres
contrées heureuses. Pacifié consiste à bousiller les
mécontents jusqu'à ce que les moins mécontents se
déclarent très contents. Ainsi les militaires civilisent-ils!
Mais qu'est-ce que je débloque, moi, c'est bien le
moment! Toujours à me courir après pour essayer de
m'attraper! Connard, va! Le jour que je me mettrai la

(1) J'écris « négochiant » parce qu'il est auvergnat. Je précise à
l'usage des branques qui s'étonnent d'un rien.
(2) La phrase peut sembler tortueuse, mais elle est belle!

main dessus, je serai bien avancé ! Que ferai-je du chef-
d'œuvre en péril ? Pouvez me le dire ?

— Allô ? dit une voix ensommeillée.

Le souffle est court, haletant.

— Monsieur Huncoudanlproz ? je demande.

— N'est pas ici ! assure la voix.

— Il faut que je lui parle d'urgence.

— Mais il n'est pas là ! s'impatiente mon terlocuteur.

— Où puis-je le trouver ? C'est une question de vie
ou de mort !

Un temps.

— Qui est à l'appareil ?

— Paul Manigance. Il est indispensable que je le
joigne immédiatement.

Re-un temps.

— Donnez-moi votre numéro, si je peux l'avoir je lui
dirai qu'il vous rappelle.

Pas la peine d'insister. Mon correspondant a des
consignes très strictes et il s'y conforme. Vouloir passer
outre risquerait d'éveiller la suspicion. Je déchiffre le
numéro du bougnoche, écrit sur le disque blanc de
l'appareil et le communique à l'endormi en espérant
qu'il en fasse bon usage.

A présent faut attendre.

Qui ?

Quoi ?

Et pendant combien de temps ?

J'écluse mon cacoua mélancoliquement. C'est l'heure
fatale de l'avant-aurore. Le moment où ce n'est plus
tout à fait la nuit et pas encore le jour. Une charnière.

J'essaie de mobiliser mes idées. Je leur fais l'appel.
Que de badaboum en quelques heures ! Tout ça a
démarré de manière si saugrenue. Et puis les choses se

sont précipitées. Et au moment que je vous cause on en
est à quatre macchabes et une disparue.

Je regarde ma chignole par la porte ouverte. Son
mufle défoncé m'attriste. J'aime pas les objets mutilés.
Les gens supportent mieux d'être abîmés. Ils s'organi-
sent dans leurs misères. Ils se complaisent dans des
prothèses, les gens. Se finissent vaille que vaille, en
clopinant, en rampant au besoin. Canne blanche, mou-
moute, râtelier, faux seins, faux cils, faucille et guiboles
articulées. Ils béquillent et manivellent, se farcissent les
portugaises de sonotones ultrasensibles. Ils apprennent
le braille, le muet, le silence ! Se font pousser, épouser,
épousseter, brancarder, retendre, raccourcir, masser,
repeindre. Mais les objets, dites ? Tout rafistolage les
déprécie. Ils abdiquent leurs fonctions au moindre
gnon.

Je décide, à cet instant saugrenu, de changer de
tuture. J'en achèterai une grande, cossue, bourgeoise,
pour balader Félicie. La Mercedes du louchébem, tiens
donc ! Garnie velours. En attendant, y' a une tronche
coupée sur le plancher de la mienne, roulée dans le
vieux pardingue d'un bonhomme faisandé qui a raté sa
vie par veulerie et goût du charognage. Parce que je suis
sûr qu'il y avait du sincère dans ce qu'il me bonnissait,
t't' à l'heure, sur sa carrière ratée. Vieux connard... Je
m'efforce de le situer dans ce bigntz. M'est avis qu'il
s'occupait de la môme Thérèse et qu'il lui scrutait les
faits et gestes. Il se l'est laissé souffler sous le nez par les
deux brigands du pont Marie. Quand il m'a vu radiner
sur le sentier de la guerre, vite il est entré dans la ronde,
Manigance, pensant (à juste titre d'ailleurs) que je
pouvais l'aider. L'aider à quoi fiche ?

Berthe et le bougnat ne reviennent pas. Leur absence

prolongée me trouble. Je me sens cerné par des
maléfices, cette nuit. Au fur et à mesure que le temps
s'écoule, une grande angoisse m'envahit. Peut-être est-
ce un effet de la fatigue accumulée ?

Je louche sur la boutanche de calva du taulier. M'en
entiflerais bien une giclouille, manière de me ranimer
les brandons.

Au mitan de mes tentations, le turlu retentit. Il sonne
triste. Il grelotte fêlé. Vous l'avouerai-je ? Je ne m'y
attendais pas. D'un geste prompt, je cramponne le
combiné. Je reconnais la voix essoufflée qui m'a
répondu naguère.

— Allô ? fais-je, ici Paul Manigance...

L'autre se ramone le corgnolif.

— Je n'ai pas pu joindre M. Huncoudanlproz, dit-il.
Je regrette... Il faudra rappeler demain...

Je sens qu'il va raccrocher. J'égosille :

— Hé, attendez ! Il doit bien y avoir un moyen de le
toucher, que diable.

— Oui, demain... Rappelez vers midi.

Clic-clac, il a renfourché son bignou.

Je reste comme une grosse nave défraîchie, avec le
mien contre la joue, à écouter le zonzif de la tonalité qui
flemmarde. Un élan me pousse à rappeler l'asthmatique. Et puis je me dis « à quoi bon ? » Car de deux
choses l'une, comme disait un type qu'on venait d'am-
puter d'un testicule : ou bien le dénommé Huncoudanlproz ne VEUT PAS me répondre, ou bien ON NE
PEUT PAS le joindre.

Donc, faut que je m'y prenne différemment. Je me
sers d'autorité une méchante rasade de calva. Comme
quoi on finit toujours par céder à la sollicitation de la
pomme, mes amis. Voyez Adam, Guillaume Tell,

Beethoven (1)... Je pousse une grimace qui décrocherait la panoplie d'un académicien. Doit avoir le gosier et l'estom' tapissés de chlorure de vinyl, l'Auvernoche, pour s'enfiler ce breuvage sans déposer ses intestins sur le plancher. Ma fine coéquipière, la douce amazone Berthaga ne revenant point, je pars à sa recherche. Il a parlé de l'impasse, le bistrotier. Première porte à gauche, au fond de la cour.

Effectivement, je vois briller la lumière derrière une armada de voitures à bras qui brandissent leurs brancards suppliants vers le hangar à charbon, on dirait une escouade de rabbins devant le mur des lamentations.

Je me pointe à la relance.

Remarquez, la scène qui m'est offerte ne me surprend point. Pour être tout à fait sincère, je dois vous dire que je m'en gaffais un peu.

Elle a une bizarre manière de lui accaparer l'attention au bougnat, Berty.

Lui fait pratiquer son réveil musculaire sur un tas de boulets, textuel ! Elle a posé le pauvre Antoine sur une pile de sacs vides et elle s'emberlife pépère en rameutant la garde avec des encouragements tonitruants. Elle lui recommande comme quoi « y faut y aller et pas craindre les impétuosités » ; lui flatte les orgueils en vantant ses dimensions et sa solidité ; lui adresse des suppliques relatives à la durée de l'opération qu'elle souhaite voir prolonger ; lui affirme qu'elle est sa chose, sa fleurette, sa petite chienne, sa gosse, lui suggère des variations pour une prochaine séance, entre autres propose : pile ou fesse, la becquée du vampire, le

---

(1) Nous croyons comprendre qu'en citant l'illustre compositeur, San-Antonio se réfère à sa « Cinquième symphonie ».

thermomètre de raie-au-mur à moustaches et la poignée de main à coulisse ; enfin l'acclame en bramant que c'est bon, en réclamant sa défunte mère, en affirmant qu'elle peut se saisir de son pied (bien que l'accomplissement d'un tel exercice, compte tenu de son embonpoint, semble impossible), et aussi en hurlant qu'elle part, qu'elle part, qu'elle part ! Ce qui est un peu vrai, vu qu'à chaque ventrée de l'auvergnat, elle s'enfonce un peu plus profondément dans le tas de charbon.

Il la calce à boulets rouges, le marchand de combustible. Berthe m'avise alors que seule sa tête et ses pieds émergent encore de la montagnette noire qui l'absorbe.

Elle parvient à hisser une main hors de son crassier.

Gentille, au cœur de l'apothéose extatique, elle m'adresse un signe amical.

— Regardez-moi ça, gémit la Baleine : un homme de c't' âge, la manière qu'y se défend ! Je connais des garnements qu'ont moins d'ardeur ! C'est fou un vieillard av'c un coup de reins pareil ! Quel âge que t'as, pépère ?

— Septante trois ! pistonne le brave bonhomme.

— V's' entendez ça ! poursuit la Diane Chiasseresse ! Soixante-treize ans et il en a une qu'il pourrait casser des noix avec ! Ah, le vieux polisson ! Oh, le gros monstre ! Mais y me ravagerait, ce gredin, si on aurait fait ça par terre ! C' t'un casse-baraque ! Un défonce-tout ! Un...

Ses dernières paroles se perdent dans un éboulis de boulets. Berthe vient de sombrer dans de la poussière d'anthracite agglomérée.

Pavillon haut et culotte basse !

La sombre colline connaît encore un brin de séisme. D'ultimes convulsions la dépyramident. Après quoi la montagne s'ouvre pour accoucher, non pas d'une souris, mais d'un vieil Auvergnat soulagé et d'une énorme vache noire.

Le bite-roquet remise sa rampe de lancement télescopique après l'avoir consciencieusement fourbie avec l'intérieur de sa casquette, car on peut être du Cantal et ne pas négliger l'hygiène du corps.

— Eh ben bongu de merde, déclare-t-il solennellement, c'est pas pour dire, mais si ça gagne pas de pain ça bouche toujours un trou.

Sur quoi il aide Berthe à s'extraire et propose une tournée de calva. Ce que je refuse. On récupère le docile Antoine et on gerbe.

A présent, je dois vous préciser le détail suivant, mes bonzes enfants. Ma bagnole est garée presque à la hauteur du bistrot, mais le long du trottoir d'en face, si bien qu'on prend congé du cher homme avant d'atteindre son coquet établissement.

Nous traversons la street et montons en voiture. Comme je me place au volant, j'avise plusieurs silhouettes chez le ramoneur-berthalien. Un vrai seau d'eau dans le hall d'exposition, ça me fait. Bonté ! dit Vine. Comment n'ai-je pas envisagé la chose, cornichon à impériale que je suis !

Il fléchit de la matière grise, le San-A. ou quoi donc ?

— Bougez pas ! lâché-je à Berthe.

Je crampone l'ami *tu-tues* et ressors de l'auto. En trois bonds félins (les meilleurs) je traverse la rue et m'approche du café. Je vous l'ai dit, la vitre est dépolie mais agrémentée d'arabesques, lesquelles ne le sont pas, si bien qu'on peut voir à travers. J'aperçois deux types dans la taule.

L'un est plus jeune que l'autre, et l'autre plus vieux que son compagnon.

Le plus jeune, je le reconnais, bien que ne l'ayant encore *never* rencontré, car j'ai sa photo dans l'une de mes poches (c'est inouï ce que j'ai pu butiner comme pièces à conviction au cours de la noye). Il s'agit du fils Naidisse, le neveu de la môme Rebecca. Son pote est courtaud, il a le cheveux bas, la frime tailladée de cicatrices. C'est lui qui jacte au bougnat-bavouilleur.

— Cause ou je te coupe la gorge ! lui dit-il.

Je constate alors qu'il tient un couteau à la lame effilée (1) appuyé contre le cou du Fouchtrifouchtra.

— Et qu'est-ce voulez que je vous dise ! lamente le père La Verdeur.

— Le nom du mec qui a téléphoné d'ici y a un quart d'heure ?

— Personne n'a téléphoné ! lance spontanément le vieux, qui, de toute évidence, ignore que j'ai usé de son appareil.

L'autre le frappe à la joue. Une entaille de sidi, mes z'amis. Le sang du vieux moustachu gicle. Alors le bougnat voit rouge, conséquemment. Un Auvergnat en pétard, vous ne pouvez pas imaginer ce que ça donne, sauf si vous êtes vous-même auvergnat et en pétard, œuf corse.

N'écoutant que sa colère, l'amant de Berthe oublie le couteau qui vient de l'entamer et chope ce qui lui tombe sous la main, à savoir le long tisonnier accroché à la clé de ventilation du tuyau de poêle.

— Hou, sacré bon gu de vermine ! hurle-t-il.

---

(1) Dans tous les romans policiers, les couteaux ont la lame effilée, j'y peux rien. Si je passais outre, je me ferais virer du syndicat.

Et floc! Et rrran! Et tzoum! Et bing! Et chplok! Et V'zang!

Il frappe son antagoniste surpris par sa prompte réaction. Quel magistral cogneur! Quel bretteur! Quel matraqueur! En long, en large, il cogne et larde! On ne voit plus le tisonnier, tellement il le manipule vite. Ça fait comme une hélice d'avion lorsqu'elle tourne. On devine sa présence à un certain frémissement de l'air, mais on ne la distingue plus.

Le méchant balafré porte la main à sa tête pour se protéger. Il renonce à user de son ya, voire à tirer son feu, si, comme tout me le laisse accroire, il en a un. Le bougnat mailloche en cadence. L'autre titube, la frite en compote.

Pour le coup, Naidisse dégaine une rapière longue comme mon bras. J' sais pas où il a trouvé ce revolver, mais je doute que ce soit au rayon fillette du Printemps.

A toi de jouer, San-A., avant le grand massacre.

Je me rue dans l'établissement.

— Lâche ça, Charly, ou je t'abrège! crié-je dans son dos.

Il a des réflexes, le sacripant. Une volte-face fulgurante. Il me plaque la crosse de son joujou dans les badigouinsses. J'ai l'impression de déguster mes ratiches. Je vois une nuée de chandelles toutes plus romaines l'une que l'autre. Le bistrot tangue un peu. Naidisse cavale dans la rue, coudes au corps. Belle pointe de vitesse! Cherchez pas le successeur de Jazy, mes poules, il est là, devant moi. Seulement il ne sera pas longtemps.

Comprenant que je ne le rattraperai pas, je lève mon feu. La mire se balade dans le dos du gamin.

A cet instant précis, Antoine se fout à bieurler dans

ma pompe. On dirait qu'il proteste, le petit bougre. Mon index se paralyse sur la détente. Impossible de défourailler.

L'œil exorbité, je regarde, au-delà de la mire, la silhouette maigrichonne qui s'amenuise. Je pense au couple de Saint-Franc-la-Père... Le bijoutier, la bijoutière et leur petit délinquant. Ça ressemble à un titre d'Anouilh. Mon arme devient pour ainsi dire toute molle au bout de mon bras.

Et mon bras retombe.

Le môme a disparu.

Bondir à la bagnole pour le courser ?

Inutile. Ce serait du temps perdu. De la manière dératée dont il cabriole d'une ruelle à l'autre dans ce vieux quartier riche en petites voies confidentielles, en terrains vagues et en passages obscurs, je ne saurais lui donner la chasse avec une auto.

Je rentre donc dans le troquet du marchand de charbon. Il a fait de la belle ouvrage, Big-Moustache. Trêve de tisonnier. Il y va à la galoche depuis que son agresseur est à terre.

Des coups de semelle sonnent contre le crâne informe du vilain auquel manquent déjà des plages de cheveux. Son nez n'existe plus et y'a un trou rouge à la place de ses dents.

— Arrêtez le massacre, pépère ! exclamé-je devant ce gâchis !

L'Auverpiot cesse de tirer ses méchants penaltys. La lueur qui homicide son regard s'éteint.

Assouvi, repu de vengeance, il revient à ses déboires physiques. Derrière son rade, cloué au mur, un miroir sans cadre, sans tain, et sans utilité précise lui renvoie tant bien que mal sa bouille cisaillée.

— Regardez-moi un peu ce que cette charogne vient de me commettre sur la personne ! éructe le produit du Cantal. Des saloperies pareilles, on devrait les guillotiner.

Je viens de palper la poitrine du gorille et de constater son changement de résidence définitif.

— Mon bon monsieur, soupiré-je, il est arrivé qu'on fusille des morts, mais on n'en a encore jamais guillotiné.

Le mot « mort » le fait se cabrer.

— Comment ça, mort ? il demande.

— Comme ceci ! dis-je en lui désignant son agresseur (devenu sa victime).

Et je songe qu'à partir d'à présent, pour compter les cadavres, je vais devoir changer de main.

CHAPITRE VII

CRAC!

Un pêcheur extra-matinal est déjà en train de traquer le goujon-au-mazout lorsqu'on déboule quai du général Foudroyet, à Nogent. La nuit s'éclaircit quelque peu à l'est, ce qui est son droit le plus strict. Un vent léger fait chialer les saules lacrymaux de la berge.

— C'est ici? questionne Berthy-la-Charbonneuse.

Elle me désigne un grand jardin de quelque quatre mille mètres carrés, au mitan duquel s'élève une villa de meulière pour rentier aisé. Y a de la mosaïque de faïence autour des fenêtres, un paratonnerre (de Brest) sur le toit et des volets de fer bien clos sur toutes les faces de la construction.

Je remise la guinde dans un petit chemin creux qui descend à la Marne. Nulle lumière dans les environs. Tout est calme, paisible infiniment.

— Vous chargez à la baïonnette? rigole la Truitesse.

— Que non point, ma belle, soupiré-je, car j'ai le sentiment, voire le pressentiment, que cette tranquillité ambiante n'est qu'apparente. Les occupants de cette demeure sont prévenus. Vous pensez bien que cette petite gouape de Naidisse a déjà téléphoné.

— Possible, consent la Bérurière, mais si vous vou-
driez mon avis, sitôt prévenus, ils ont mis les voiles.

Son avis, à la dévoreuse de bonshommes, je m'assois
dessus.

— Restez là et attendez ! enjoins-je. Je vais « en
repérage », comme disent les chevaliers de la pellicule.

Mais il suffit d'ordonner pour être désobéi avec
Berthy.

— Pas du tout, proteste la Véhémente en jaillissant
de la chignole, son moutard toujours dans les bras, je
sais que je vous ai indispensable, San-Antonio. Rien ne
vaut la jugeote d'une femme équilibrée.

Nous v'là donc à rôdailler autour de la demeure.

— Primo, fais-je, il y a un contacteur électrique tout
le long du mur et sur le portail. Vous voyez ce petit fil de
cuivre qui serpente au faîte de l'enceinte ! Il suffit qu'on
s'y appuie pour que le signal d'alarme fonctionne.

J'escalade un arbre opportun (1) et, perché en ses
plus hautes ramures, je peux m'offrir une vue générale
du jardin. Mine de rien, cette modeste propriété est un
fortin, mes gamines. Quand le crémier apporte le lait,
chaque matin, il ne se gaffe pas qu'il pénètre dans une
espèce de ligne Maginot miniature. De faibles lueurs
disséminées dans les pelouses me révèlent la présence
de cellules photo-électriques. Si bien que le mec ayant
pu sauter le mur sans toucher au fil est assuré de se
révéler en coupant un rayon, quelque part.

---

(1) C'est l'espèce la plus fréquente. *L'arboribus opportinus* pousse
sous toutes les latitudes et, qui plus est, sous toutes les longitudes. Il se
présente sous des aspects multiples. Ainsi est-il tour à tour platane,
conifère, palmier-dattier ou pommier selon les circonstances. Celui
que j'escalade ressemble à un salicacée (de luxe).

Quant à la crèche elle-même, je suis persuadé qu'elle possède un bon équipement antivol. Décidément, ça se présente mal.

— Eh ben, là-haut, vous faites nid? grenuleuse la Saucisse.

Quelle chiasse, cette bonne femme! La voracité personnifiée. Elle n'est que bouche, ventre, bas-ventre, happage! Elle dévore les nourritures, les hommes, les instants. Se bourre! Se fait bourrer! Déglutit! Assimile! La vie la dilate comme le gaz enfle une baudruche.

Je lui laisse tomber une œillade meurtrière qui, très vite, s'humanise à la vue du bébé Antoine dormant dans le duvet de sa combinaison. Pauvre bout de chou, inconscient. Porté par la stupide tempête des hommes. Bercé d'une vague à l'autre, il ignore les naufrages.

Moi, juché dans mon feuillage, je me tiens le raisonnement ci-joint. Je me dis, *ipso facto* et en catimini : « *A priori*, bambino, ton projet de forcer cette masure doit être renvoyé *sine die*. Préviens les troupes policières, fais crever la maison et que *fiat lux! In fine,* l'ordre prévaudra. Car tu es trop démuni pour donner l'assaut *stans pede in uno.*

Mais je ne parviens pas à me décider.

L'orgueil, toujours! Cette soif de la mission accomplie sans participation extérieure. Il a mis le nez dans un vilain pot de chambre, San-A. Il n'aura besoin de personne pour le nettoyer!

Je continue de sonder le grand jardin. Pourquoi me fait-il penser à un cimetière bizarre? Il est tout en pelouse bien ratissée. Mais une flopée de statues confère à ces lieux une austérité peu compatible avec le style pusillanime de la maison. Imaginez un coin du parc de Versailles où l'on aurait bâti la villa *Sam' Suffit*.

Le dénommé Huncoudanlproz doit avoir la marotte de la sculpture, surtout des bustes royaux, à perruques niagaresques car ils pullulent ici. De loin, de haut, je reconnais Quatorze, avec son pif gros comme un flask de bourbon. Quinze, le bien-aimé. Seize, le pauvre chéri dont le buste ressemble toujours à la pièce d'un puzzle. D'autres encore. Des écrivains célèbres : Boileau, La Fontaine (œuvre de Wallace), Corneille (en train de bayer), Molière (déguisé en Robert Manuel), Racine (carré). Un collectionneur, je vous affirme. Faut aimer vivre parmi cette peuplade de marbre. Moi, ça me ficherait le bourdiche de mater ces illustres messieurs blêmes et pétrifiés. Leurs vraies statues c'est leurs œuvres dans ma bibliothèque. Mais des bustes ! Fi donc ! Hou les vilains à tignasse !

Je redégringole aux pieds d'une Berthe grincheuse.

— Vous preniez des jetons, ou quoi t'est-ce ?

— Des jetons d'absence, ricané-je pour ma seule satisfaction. Il n'est pas question d'effractionner cette tirelire.

— Bon, déclare la Pote-en-tas, alors je vas prendre la direction des opérations.

D'une démarche souveraine, elle va à la grille et sonne.

Aussi bête que je vous le dis. C'est une impulsive, la Béruche. Elle détermine rapidos, sitôt que ça grince. Hop ! faut que ça pète ou que ça dise pourquoi.

Après tout, hein... Qu'est-ce qu'on risque ?

Toujours à l'avant-garde de la déduction (comme de la séduction, merci, qu'on se le dise, les premières arrivantes seront les premières servies), je me mets à supposer que le coup de carillon doit branlebater la cahute. Surtout s'ils sont sur le qui-meure (1). Ils vont mater à la jumelle marine ou au télescope géant. Et que vont-ils apercevoir, entre les barreaux de la grille ? Une grosse mégère noire de charbon, tenant un bébé dans ses bras. L'insolite de cette visite risque de les amener à ouvrir.

S'ils n'ouvrent pas, j'ameuterai la garde et on jouera l'acte II de « Fort Chabrol ».

Je me tiens accroupi contre le pilier du portail. Il fait frais. L'air sent la Marne au petit morninge. Des odeurs de limon et de plantes aquatiques...

— Qu'est-ce que c'est ? tonne une voix par le truchement d'un interphone.

C'est inattendu car on ne voit pas la grille de l'appareil. Berthe en a soubresauté de la mamelle.

Seulement c'est une gaillarde qui récupère fissa.

— J'amène le gamin ! lance-t-elle en soulevant le bébé à bout de bras.

— Quel gamin ? s'informe la voix (haletante).

— Celui de Mâme Thérèse, répond l'O graisse.

— Quelle Thérèse ? rechigne l'interlophonocuteur.

— Ben, la bonne femme au Polak, quoi !

Sacrée Berthe, Brave Berthe ! Ce toupet ! Cette fougue ! Cette initiative ! Tout à l'arraché ! Te déculotte les maisons les plus hermétiques comme les hommes les plus boutonnés.

Son ton, son assurance, son bébé en imposent. Tout cela sonne vrai !

Le contacteur est interrompu. Je gage que des gens discutaillent à l'intérieur. Et puis il y a un cliquetis, là-

(1) Parce qu'enfin, être sur le qui-vive, c'est de l'optimisme !

bas, dans le jardin. On délourde. On vient aux rensei-
gnements. Ils risquent une patrouille jusqu'à la grille,
les occupants du Mont Cassino. Ne se mouillent pas au
parlophone pour le cas où il s'agirait d'une feinte à julot.
   Je me tâte. Comment dois-je comporter? Neutraliser
l'arrivant?
   C'est risqué. On doit observer la grille depuis la
boutique. Me planquer et attendre? D'ac, mais attendre
quoi? T'es au pied du mur, mon San-A, c'est le cas de le
dire ou jamais! Alors prends tes responsabilités, mon
père! Plus le moment de pleurer dans ta soupe. Y a un
proverbe qui dit que « l'homme propose mais que Dieu
dispose ». Moi, les proverbes, dans l'ensemble je les
trouve pommes. Ils embrigadent les gens dans des bons
sentiments stéréotypés. Ils sont perfides parce que
plaisants, on s'en méfie pas : mieux, on leur fait
confiance. Pourtant, certains sont irremplaçables, ainsi
de celui que je viens de citer. Combien de fois l'élan
carbonise la tactique! Tu te mijotes un coup. Tu te
l'élabores. Et puis au moment de l'accomplir t'as
l'inspiration qui chanstique ton programme. Je vois avec
les gonzesses, par exemple. Vous prenez rancard à une
capricieuse qui capite de la prunelle et dont les ondes de
choc vous trémulsent le pendulaire. Parfait. Vous vous
préparez au rodéo. Vous lui voulez une belle fiesta, à
cette polka. Une joie de vivre belle comme un miroir-
soleil. Vous vous dites : « je l'entreprendrai par le bizou
vorace, et puis je lui pratiquerai le cerceau en folie, la
prise-banane, le cynodrome en délire, la statue équès-
tre, Jehanne au bûcher, Jeannot-boucher, le Nautilus-
ne-répond-plus, fume-c'est-du-Stromboli, agace ma
gâchette, où-qu'est-passé-mon-pouce, goûte-c'est-pas-
des-citrons, le bon magic, le bond des pargnes, vive

Popaul, cause-pas-la-bouche-pleine, triste-temps-et-
hisse seul, la botte chatée, le chat beauté, le saboté et la
salade hongroise ». Seulement, au moment de l'inti-
mité, foin des beaux projets : c'est l'hussard qui s'empare. Vous sautez sur la donzelle comme un cul-de-jatte
saute à la corde en revenant de Lourdes. Adieu, vos
vaches cochonneries ! Vous suivez la flèche, tout bêtement. Je parle de celle qui vous sort du carquois, mes
joyeux tendeurs. Et tout ce que vous lui faites, à la
caressante, c'est la séance à papa, celle des samedis
soirs.

Idem *for me,* en cet instant dont on peut dire sans
exagération qu'il est critique. Vous allez voir dans
bientôt pas longtemps.

Un gus se pointe. L'homme qui m'a parlé au tube,
chez le bougne. Je le reconnais à son asthme. On dirait
une vieille loco du Far West.

Il s'annonce (1) à la grille. Je ne peux le voir puisque
je me tiens hors champ. Mais jouissant d'une ouïe
capable de percevoir le soupir d'une mouche en plein
orgasme, je l'entends distinctement qui demande :

— Qu'est-ce qui vous prend de sonner chez les gens à
pareille heure ! D'abord qui êtes-vous ?

L'aplomb de la morue ! Chapeau !

— Une voisine aux Kelloustik, dit-elle.

— Connais personne de ce nom. Vous êtes seule ?

— Av' qui voudriez-vous que je futasse ? murmure
miss Olida.

---

(1) Habituellement j'ajoute « apostolique », parce que c'est très
drôle, mais si on veut espérer un pape français au prochain conclave,
faut qu'on commence à baliser, nous autres, les grands écrivains de la
fille aînée de l'église.

Méfiant comme un myope qui mangerait du brochet sans ses lunettes, l'homme débride la grille.

Il fait un pas en avant pour mater les azimuts. Ne voyant rien, il s'en permet un autre... Alors là, mes frères, j'opère dans le pur style san-antoniesque. C'est d'une propreté de clinique suisse. Du grand art (1) ! Vous avez déjà vu le tigre fondre sur sa proie, le matin, en allant chercher le journal au kiosque du coin ? Vous avez déjà vu fondre Léon Zitrone sous les projecteurs de la téloche ? Vous avez vu fondre vos économies pendant vos vacances ? Vous avez vu fondre la statue de Karl Marx, pendant l'occupation ? Vous avez vu la France fondre en larmes à la mort de ses vieux militaires ?

Tout ça n'est rien à côté de la manière dont je fonds sur le gars Césarin (2). J'opère si prestement que j'en suis moi-même baba, au point de me demander si je n'ai pas le don d'ubiquité (entre z'autres).

Je suis toujours accroupi. Le saut du crapaud-buffle ça s'appelle. Il a le canon de mon feu dans le gras du bide. C'est un gars obèse, avec un ventre comme le dôme du Boeing 747 et des bajoues qui font la fesse de douairière.

— Ecoute, Jumbo, je lui susurre. On en est à cinq viandes froides dans ce circus. Si tu ne fais pas exactement ce que je vais te dire, tu nous mèneras droit à la demi-douzaine, compris ?

Son manque total de réaction me semble comporter un début d'acceptation.

---

(1) Je sais des futés qui s'amuseront à faire la liaison !
(2) Je lui prête un nom d'emprunt pour le dépanner en attendant que nous soyons présentés.

— Parfait, dis-je. Fais rentrer la dame au bébé et sois sage.

Sur cette recommandation, je me coule derrière Berthe et me plaque à elle comme s'il s'agissait d'un tronc de baobab ou de fromager géant.

— Ne faites pas de faux mouvement, ma chère, lui coulé-je dans le tiroir à sottises. Avancez d'un pas tranquille, comme l'aurait dû faire Perrette en se rendant à la fruitière.

Un petit rire de poitrail me rend compte de sa jubilation. Nous pénétrons lentement dans la propriété. J'ai l'impression de jouer au cheval de cirque, moi, et d'interpréter — avec brio du reste — la partie postérieure de la bête. On compose un étrange centaure, Berthe et moi. A la fois jument et étalon ! Plus un poulain tout frais comme bouclier... Curieux cortège. Aurons-nous assez déambulé de manière saugrenue au cours de notre misérable vie ! Assez processionné sur les rives foireuses de la destinée. Je marche en contemplant les autres, inconscients, presque tous... Et je me demande où donc ils vont aller mourir, de cette allure nonchalante ou pressée. En quels lieux, dans quels recoins ? Je voudrais qu'on ait un endroit exprès pour ça, nous autres hommes. Une espèce de vaste et sombre tanière où nous irions dégobiller notre dernier soupir. Un immense vestiaire où rendre nos casaques. On se coucherait les uns à côté ou par-dessus les autres. On se dissiperait mollement. On pleuvrait en fine poussière. On se diluerait dans le généreux néant, notre père à tous, qu'il soit en forme de Dieu ou en informe d'absence. Ce serait plus propre. Moins impudique que de crever au pied levé, n'importe où. De s'oublier à mourir, comme un clébard s'oublie à chier. De transmuter, à la vue du monde, les chefs-d'œuvre abîmés que nous sommes en excréments pestilentiels. Oui, on devrait être très sévère avec les morts fortuits. Prendre des mesures draconiennes pour endiguer ce laisser-aller effroyable. Moi, j' serais quéqu'un au gouvernement, je promulguerais une loi pour interdire aux gens de canner aussi salement qu'ils ont vécu.

Cette réflexion douloureuse me permet la traversée du jardin.

On atteint le petit perron. Gros Nounours continue de nous escorter. Il marche aux côtés de Berthe en traînant la grolle et en soufflant. J'ai idée que s'il maigrissait de cent kilos son asthme irait beaucoup mieux. Vraiment, il resssemble à une sphère. C'est un globe. On pourrait lui tatouer les cinq parties du monde sur la viande. Mais franchement je voudrais pas être à la place de la Terre de feu ni de l'Afrique du Sud !

C'est en gravissant les quelques marches que le Mastoche joue son va-tout. Déconcertant, ce lard rance. Il semblait anéanti par mon intervention, et puis le v'là qui devient véloce, soudain. Faut dire que je n'ai guère le temps d'intervenir. Il balance un coup de dargeot à la Gravosse qui me bascule dessus et que je retiens de justesse, because son précieux fardeau, comme on écrirait dans la *Veillée des Chaumines*. L'asthmatique se précipite en avant et s'engouffre dans la maison dont la lourde se reclaque sèchement. Lorsque je l'ébranle d'un coup d'épaule furax, le verrou intérieur est déjà mis. Bien joué !

Moi, vous me connaissez ? Je ne prends pas de gants lorsque ça urge. Ayant, à l'oreille, localisé le verrou, je défouraille dans le panneau de bois. Un calibre comme celui du camarade « Tu-tues », ça vaut un pic pneumatique. D'énormes copeaux voltigent dans l'air à la ronde. Lorsque j'ai balancé quatre prunes, la lourde n'attend qu'un coup de tatane bien appliqué pour abdiquer.

Je le lui administre. Et elle s'ouvre.

Les détonations font hurler le pauvre Antoine. Doit commencer à en avoir sa claque, le petit chéri, de cette folle équipée. Doit se dire qu'être bébé de nos jours, ça n'est plus une situation enviable. De quoi le sevrer de l'envie d'exister. Malgré l'intensité du moment, je songe à sa pauvre mère, toujours nichée sous le Pont Marie. Car j'ai complètement omis de la faire évacuer. La poissarde campille-t-elle encore sur son tas de hardes pouilleuses?

— Restez ici avec le moutard, Berthe! enjoins-je. Pas d'imprudence surtout!

Pour la première fois, l'Amazone (sinistrée) semble avoir quelque inquiétude. Elle flaire les lieux d'un tarin circonspect et murmure :

— Si on appellerait la police, San-Antonio?

— Je suis la police! lancé-je fièrement.

Et me v'là parti à la chasse au diplodocus.

Je vais vous emboucher un coing, comme disait un fabricant de confitures.

Que dis-je : une surface!

Je présume que vous en resterez comme deux ron-flants (Béru dans le texte).

Le maison est vide, mes chéries. Meublée, certes, et très banalement. Mais vide de tout humain. De la cave au grenier en passant par le reste-chaussé et le premier, on ne rencontre âme qui vive. Deux lits sont défaits dans deux chambres. Presque tièdes encore, prouvant qu'il n'y a pas très naguère deux personnes au moins séjour-naient céans. Une cigarette agonise dans un cendrier.

Cela dit, personne !

Je reviens dans le vestibule. Qu'y trouvé-je ? Berthe en train de donner le sein à Antoine. Le petit bougre s'acharne sur une formidable mamelle. On dirait qu'il s'obstine à téter le Mont Blanc ! La Vachetoche me braque un œil suave, éclairé par les reflets d'une maternité illusoire. Le simulacre la survolte, l'ennoblit presque.

— J'ai trouvé que ça pour le faire tenir tranquille, déclare-t-elle. Il se foutait dans une rogne terrible, ce petit monstre. Alors, et les bandits ?

— De grands chemins, murmuré-je. Ils ont filé.

— Par où ?

— Ben voilà. That is the question... *Toutes les fenêtres sont closes et les autres portes verrouillées de l'intérieur, Berthe.* On se croirait à l'Olympia, au congrès de la magie.

La guerrière hausse les épaules, ce qui provoque une avalanche de chair pâle sur la bouille de l'obstiné Antoine.

— Magie mes fesses, commissaire ! Ces gens-là ont une planque que vous n'avez pas su trouver.

Prenant une brusque décision, elle arrache le bébé de ses bas morcifs. Ça produit un bruit de bouteille de champagne au débouchage ardu.

— Tenez-moi ce lutin que je vouaille ça de près !

D'autor, elle me cloque le baby et s'esbigne en maugréant des choses mettant en cause mes qualités de chef poulet. Antoine se remet à bramer à la garde.

C'est pas banal, cette perquise, hein ? L'illustre San-A. avec un bébé dans les bras pour traquer des malfrats ! (Es)quimeau raidi !

Un brusque épuisement me fauche les quilles. Je

m'assieds sur une banquette de velours vert. Antoine trépigne dans mes mains. Ses quatre membres, animés par une sombre fureur (la fureur de la faim inassouvie) partent dans tous les sens. Il gueule fort, le bougre ! Vous parlez d'un petit clairon ! Sa bouche rose s'ouvre large comme une soucoupe. Tiens : il a déjà deux dents ! Il me file un regard courroucé. Me hait d'être un mâle imbécile qui le regarde chialer après la croque sans lui en fournir. Ses petits yeux bleus sombres me flagellent. Ils contiennent un indicible mépris.

Vivement je l'embrasse dans le cou en faisant miauler le baiser. Pour le coup il s'arrête de beugler. Ça le déconcerte un brin, ça le distrait de ses tourments stomacaux. Je recommence. Il me sourit...

Dans le jardin, l'aube se lève entre les statues. La plus proche du perron c'est celle de Louis XIV. Je vous jure, faut être un peu cinoqué pour s'entourer ainsi de personnages de marbre. Vous aimeriez, vous autres, avoir le Roi-Soleil sur votre pelouse, dans un massif de rhododendrons ? Vous auriez pas l'impression de crécher dans un musée ? Rien n'est plus triste que l'art empilé.

V'là qu'on carillonne à la grille. Je sors, bébé dans le creux du coude. J'avise un vieux crabe flanelleux à lunettes rafistolées. Me semble que c'est le pêcheur à la ligne.

— Oui ? je lui lance.

— Mande pardon, démarre le goujonicide, me semblait avoir entendu des coups de feu ?

— C'est l'échappement libre de ma pétoire ! le rassuré-je.

— Ah, bon !

Des petits ballons de vapeur légère floconnent autour de sa bouche.

— Ça biche ?

Il hausse les épaules.

— Ça fait vingt-cinq ans que ça n'biche plus. Autrefois, oui, des pleines bourriches, je faisais...

Comme le disait récemment M. Georges Bidault dans une interview : les hommes ne se souviennent que de leurs souvenirs. Le pauvre pêcheur rejoint sa canne-à-rien d'une allure chaloupée de vieil ouvrier mal pensionné. Je m'apprête à rentrer lorsqu'un prodige me retient sur le perron. Ai-je la berlue ? S'agit-il d'un excès de fatigue ? M'inscrirai-je, à la suite des Bernadette Soubirous et autres sainte Thérèse, dans la maigre cohorte des témoins de miracles ?

Je remets à un peu plus tard le soin de trancher. Unpeuplustard étant l'auxiliaire idéal quand on est confronté à des phénomènes surnaturels.

Va p't' être falloir instruire un procès en canonisation pour Louis XIV, mes amis. Ça vous la coupe ? Vous m'objectez déjà ses guerres, sa révocation de l'Edit de Nantes, ses dragonnades, sa Montespan (dans la culotte), hein ? Eh ben, vos objections ne sont pas valables, vos sonneurs. Devait malgré tous ses vices et ses sévices être propice aux miraculeuses, Loulou. La preuve ?

Cramponnez-vous aux accoudoirs, je vous lâche le morceau. *Sa statue respire !*

CHAPITRE VIII

TOC!

Oh, c'est imperceptible et faut un œil de lynx comme le mien pour s'en rendre compte, évide-amant.

Mais le fait (troublant) est là : de très légères et très floues volutes de vapeur sortent de sa bouche entrouverte.

Sur le moment, je vous répète, je joue mes sens perdants. Mon subconscient se dit : « Tu dérailles de la rétine, gars. » Et puis je regarde plus attentivement, et à force de fixer les augustes lèvres marmoréennes, la conviction devient absolue : *Louis XIV respire!*

Nous nous approchons de la statue, Antoine et moi l'un portant l'autre. La pelouse trempée de rosée gicle sous mes semelles comme (1)...

Je colle ma main dans la bouche du roi Soleil. Il ne dégobille pas. Un monarque de ce prestige, vous pensez, ça a de la retenue. En tout cas je sens un souffle. Une exhalaison tiède.

---

(1) J'allais placer là une comparaison marrante, mais elle serait trop dégueulasse. Après on se fait mal voir des cons et ça vous rend suspect auprès des gens intelligents, car le comble de l'intelligence, c'est d'être bien vu des cons.

Vous savez barguigner, vous autres ?

Moi, très mal. D'ailleurs ça me fatigue. C'est pour-quoi, sans barguigner, donc, je vous annonce que cette statue est creuse et qu'elle sert, en réalité de manche à air pour ventiler un local souterrain. Autrement dit, la bouche du fils Louis XIII est une bouche d'aération.

Il n'est pas besoin de sortir de Polytechnique pour comprendre qu'on a équipé le sous-sol secrètement. A quel usage ? Mon camarade Shakespeare ne serait pas sorti y a deux minutes pour acheter des cigarettes, il vous le dirait lui-même : *that is the question.*

Là-dessus, la mère Béruranche se pointe sur le perron en sémaphorant des ailerons.

— Venez voir un peu par ici, San-Antonio !

Je la rejoins.

— Je croise avoir trouvé quéque chose, annonce-t-elle.

Faut la voir frémir de l'aigrette, notre grosse autru-che ! La gorge roucoulante, la bajoue somptueuse, l'œil étincelant de satisfaction.

Je la comprime de questions (la presser ne serait point suffisant) mais elle ne cède pas. Il est des révélations qui se démontrent. Elles ne sont percutantes que lorsqu'on les voit s'accomplir ; là se mesure l'insuffisance du verbe et sa fragilité. Joindre le geste à la parole est une hérésie. On disjoint la parole du geste, nuance. La parole n'est que complémentaire, pas même ! Elle est superfétatoire. Voilà pourquoi un jour je me tairai et mimerai mes chefs-d'œuvre. J'en ferai des chansons de geste. Et on m'embastillera recta parce que par gestes j'exprimerai si fortement ce que je pense qu'on ne pourra plus me laisser en liberté. Je serai réputé

insalubre. De nocivité publique ! Ils me fileront au trou
de peur que je leur écroule *le* système.

Berthy me drive à la cave. Je l'ai déjà explorée, la
cave, pourtant. Elle se divise en trois parties : la
chaufferie, la buanderie, la cave à vins. C'est dans ce
dernier compartiment que la Belle-fort-niqueuse me
conduit.

Des casiers à boutanches, bien garnis. Les bons
auteurs sont représentés : Cheval-Blanc, Château
d'Yquem, Romanée, Fleury, Château-Chalon et toutim. Reliés plein pot ! Vénérables. Instrumentaux ! Du
grand, du noble, du fringant. Prestigieux ! Ensoleillé !
Français ! Y a des Marseillaises qui se perdent ! Moi, *la
Marseillaise,* je trouve qu'on la chante toujours à tort et
souvent à travers. Je l'aime interprétée par les chœurs
de l'Armée rouge. Avec « accent » popoff elle a de
l'allure. Tiens, Machin l'interprétait pas mal, en soliste.
Il flageolait un peu de la glotte, mais y avait de la
ferveur dans le trémolo. Notre dernier baryton, les
mecs ! Fallait l'entendre sur les places publiques. A la
téloche on pouvait pas se rendre compte. C'était truqué.
On repiquait en sousimpe la bande sonore du film de
Renoir. Mais à cru, à vif, ç'avait de la force ! Les deux
poings levés, le coude arrondi. On aurait plutôt cru qu'il
allait se farcir l'*Internationale.*

« Tous en chœur », il recommandait avant d'entonner. Mon zobinoche, oui ! A part m'sieur le préfet que
sa place était en jeu, nobody pour lui soutenir le jour de
gloire. Les gens, eux, se rendaient bien compte de la
gêne que ça représentait. Le peuple est p't' être con,
mais il reste conscient du ridicule. Un homme, à notre
époque, il préfère sortir sa bébête sur la place du

marché plutôt que de brailler *la Marseillaise.* A la
rigueur, quand tu te fais fusiller, tu peux te permettre.
D'abord t'es en petit comité, face à des militaires, et
puis comme on te flingue aux aurores frileuses, ça
réchauffe. Mais devant tout le monde et à propos de
rien, te disloquer les ficelles comme quoi t'entends
mugir les féroces soldats, alors là, y a de quoi se la
couper au ras des frangines et s'en faire un pipeau !
Même avec un béret basque et un nombril de porte-
fanion en forme de bénitier t'oses plus. Et vous vous
figurez le président Pompidou élancer du timbre en
public ? « Contre nous de la tyraniiiie ! » Il pourrait
jamais. C't un homme civilisé, cultivé, moderne, lui. Y'
s' marrerait trop, ferait des couacs, crierait « pouce ! »
en plein morcif, passerait à « Tiens voilà Mathieu » (pas
Mireille, le vrai). Faudra qu'un jour quand y me recevra
à l'Elysée, je lui supplie de me la fredonner, pour voir,
on ira se cacher dans les chiottes, que les huissiers nous
entendent pas !

En plus des casiers chargés de merveilles, le local
comporte deux tonneaux : un petit et un grand. Berthe
me montre le plus dodu.

— Visez un peu, Antonio !

— J'ai déjà vu.

— De près ?

— Comme je vous vois ! réponds-je en me compri-
mant le sarcasme.

— Toquez contre, pour voir...

Je toque au-dessus du robinet. Ça sonne le plein. Par
acquit de conscience je tourne le robicot. Un flot rouge
et mousseux pisse dru sur mes godasses.

— Ben quoi, Berthe ?

Elle me désigne le flanc du récipient, dans sa partie arrière.

— Et ici ?

Je poursuis mon auscultation. Sidérant ! Cette fois, au lieu de faire « blon blon », sous mon index replié, ça fait « bing bing ». Vous sentez la nuance ? Non ? Aucune importance, y a pas besoin de sortir de Normale Sup' pour me lire, c'est ce qui fait ma force. Je suis intelligible aux crétins comme aux grands esprits.

Pour vous traduire clairement la chose, le tonneau offre la particularité de sonner le plein à l'avant et le creux à l'arrière.

— Berthe, fais-je, cette nuit délirante m'aura permis de constater que vous êtes l'une des grandes intelligences de ce temps !

Afin de ne pas être en restes, comme disait un restaurateur prudent, j'arrache la bonde encapuchonnée d'une étoffe vineuse. Par cet orifice on emplit le tonneau. Mais je gage (comme disait le restaurateur ci-dessus mentionné à sa servante) que c'est également l'accès du « truc ».

Je passe deux doigts inquisiteurs par le trou. J'ai un sens obstétrical parfois. Mes investigations sont de brève durée. Je sens un anneau qui se désaltérait dans le coulant du nom d'épure (1). Je tire sur cette boucle de fer et ce que vous espérez se produit (heureusement, sinon j' sais pas comment j'aurais pu poursuivre ce récit !).

Une moitié du tonneau bascule : la pleine. La jonction s'opérait fort astucieusement sous un des cercles, ça

_____

(1) Quelle horreur ! Ah, je comprends que je ne fasse pas l'unanimité !

vous l'avez compris à au moins deux pour cent d'entre vous.

Et un pour cent ont déjà deviné que la seconde partie constitue l'entrée d'un tunnel.

Je refile Antoine à Berthe. Ce qu'on peut se faire des passes avec le moutard ! Un vrai match de rugby.

Je reprends mon feu en pogne et m'engage dans le boyau ainsi débusqué. Il est en pente assez raide. Brusquement il s'élargit. En somme il est en forme d'entonnoir dont le tonneau constituerait le petit orifice. Voilà que je déboule dans un large couloir peint en blanc, au sol recouvert d'une épaisse moquette, puissamment éclairé par des rampes lumineuses camouflées dans la cloison, et sur lequel s'ouvrent des portes, des portes et encore des portes. La coursive d'un grand barlu.

Ce que j'entreprends là est risqué.

Mais vous ne l'ignorez pas : si je m'étais prénommé Charles, on m'aurait déjà surnommé « le Téméraire ».

S'aventurer seulâbre dans cette voie rectiligne est d'une audace folle. Que des mecs ouvrent les lourdes et passent une paluche armée dans l'entrebâillement ! Qu'ils défouraillent à qui mieux mieux et v'là votre vaillant San-A. avec plus de trous qu'un bahut neuf transformé en bahut ancien aux plombs de chasse par un antiquaire.

J'ai conscience du danger. Aussi hurlé-je d'une voix capable d'assurer l'évacuation du paquemoche *Antilles* un jour qu'il s'est planté sur son suppositoire de béton :

— Escouade 4, placez-vous au fond du couloir ! Mettez vos masques ! Les grenades sont prêtes ? O.K. ! Que l'escouade 3 bis demeure dans la cave ! Les services du chmoltage sont arrivés? Bravo! Alors le dispositif 116, d'urgence! Terminé!

Le tout en me pinçant le nez et en cavernant ma voix pour lui donner des inflexions métalliques.

Je vous jure, mes chers, mes braves, mes loyaux amis, y a que San-Antonio pour se payer un culot aussi phénoménal. Depuis les *Pieds-Nickelés* vous avez vu ça aut' part, vous? Je cause aux anciens! Non, n'est-ce pas? C'est du bluff d'une primarité exorbitante. Même à la télé, on vous montrerait ça, vous casseriez votre récepteur à coups de marteau. Personne d'autre que moi peut se permettre. Le moindre de mes confrères (et Dieu sait si y en a des moindres parmi eux) oserait écrire une chose pareille, le comité de lecture lui voterait illico un blâme. On lui diminuerait ses droits. L'obligerait à venir passer la paille de fer dans les burlingues pendant le véquande. Faudrait qu'il fasse des merveilles, pour se rattraper l'estime de la maison. Des bassesses! Des cadeaux! Des gâteaux! Des gâteries! Des pipes! Qu'il envoie des fleurs! Qu'il demande pardon! Qu'il récite son mea culpa! Se prosterne! Qu'il embrasse des anus à la ronde! Qu'il monte chez le boss à genoux! Qu'il jure sur sa vieille môman, sur sa femme, sur ses chiareux de jamais plus recommencer! Qu'il produise un certificat médical! Qu'il aille en cure de repos! Qu'il abjure! Qu'il conjure! Qu'il suce!

Mais moi, San-A. je ne renâcle pas. Ce qui m'importe, c'est le résultat.

Gagner! V'là le mot lâché!

Gagner à être méconnu! Tous les procédés me sont bons pour camoufler mon génie. Faut que je me retienne jusqu'à ce que la vessie du cerveau m'en pète! M'abandonner me serait fatal. Je suis condamné à être découvert sans trêve. Je suis une terre sordide avec quelques truffes! Quand ils en brandissent une, ils prennent leur pied. En v'là une, qu'ils esclament! Photo! La téloche se pointe, alertée. « Santonio, paraîtrait qu'on aurait découvert une truffe dans vot' fumier? Comment t'est-ce vous espliquez le phénomène? Y a quoi donc comme antécédent dans votre pedigree? Une duchesse russe? Vous seriez pas le fils naturel de Montherlant? Est-ce que vous vous tripotiez la zézette avant d'être sevré? C'est vrai qu'on vous a élevé uniquement au phosphore pasteurisé? Ou si on mettait de la cervelle en poudre dans votre biberon? Quand vous calcez une sœur, votre moi second prendrait pas de la gîte, par hasard? » Tel que je vous l'annonce.

Alors vous me voyez débouler avec un panier de truffes au bras? Pour le coup, mon abondance me cisaille. Les v'là à faire le fin bec. Les dégoûtés! « Dites, c'est pas de la truffe surchoix, ça! Elle a le goût de la merde! Vous vous laissez aller... » Moi, pas si tronche, je parsème seulement. Sans compter que, n'en déplaise à La Mazière, à Max et à d'autres grosses maîtresses-queues de la capitale, c'est pas bon, une truffe toute seule! Ça un goût de pneu tubless moisi. Même en sauce! Ça n'a qu'une chose pour soi : ça coûte cher. Là, je conviens. C'est gros comme une burne de sous-lieutenant de cavalerie et t'en as tout de suite pour trois quatre sacotins! Le prix te neutralise. Non seulement faut que tu te fasses tarter à bouffer ce truc affreux, mais de plus tu te dois de clamer ton admiration! L'intensité de tes délices! Tu te mets les muqueuses à plat. Tu transcendantes tes papilles! Chiasse de truffe!

La truffe nous berlure, les gars.

Voulez-vous que je vous dise ? C'est de la cochonnerie !

Assez de digressions ! En fin de livre, j'ai tort. Y en a qui sont déjà partis, vous dites ? Bon vent !

Rien ne bouge dans cette maison souterraine. Alors au travail, mon commissaire bien-aimé !

Je constate que toutes les portes sont munies d'un verrou extérieur, comme des portes de cellules pénitencières. Assez discret, le verrou. Mais efficace. Autre similitude avec des lourdes de prison, celles-ci comportant un judas. Un petit trou rond à lentille. Un œil optique, comme l'appellent les quincailliers pléonastes.

J'approche ma prunelle du premier. J'avise, grâce au grand angulaire, la pièce dans son entier. Elle n'a rien d'une geôle, je vous le garantis (1).

C'est d'un luxe ! Mais alors d'un luxe vraiment luxuriant. Ces murs tapissés de satin mauve ! Ces meubles Louis XVI d'époque (de la nôtre). Ces canapés dont on sent la moelleur. Ces tableaux de maîtres et de contremaîtres. Ces tapis en couches successives, comme un schéma représentant l'écorce terrestre. Fabuleux, je vous le réitère.

Je pousse mentalement un cri de surprise.

Pas tellement à cause du confort suprême de cette pièce, mais principalement à cause de son occupant. Vous savez de qui il s'agit ? Vous donnez votre langue au chat ? Eh ben vous avez raison, parce que je n'en voudrais pas pour un empire, chargée comme elle est !

Ici, sous mes yeux, à trois mètres, assis dans un fauteuil et lisant un ouvrage d'art, j'aperçois l'émir Shâ-

---

(1) Je n'ai pas le temps de signer le bon de garantie maintenant, je vous l'enverrai par la poste (ou par l'imposte).

Pômhou, l'ancien maître du Kâtchâdeû, dont on a annoncé la mort tragique, voici un an, dans les ruines de Chachédubrakmâr sa capitale.

Ah, vraiment, les bras m'en tombent, comme disait un cul-de-jatte en admiration devant un tronc. J'aurais imaginé n'importe quoi, et même autre chose, mais pas ça ! Shâ Pômhou en personne ! A Nogent ! Vous l'auriez cru, vous ? Regardez-moi bien dans les yeux malgré votre strabisme, et répondez. C'est une idée qui vous serait venue ?

Ah bon !

Mais bougez pas, comme disait Alfred Velpeau à une dame blessée qui le faisait bander, je ne suis qu'au bout de l'extrémité du commencement de mes surprises.

Je passe à une seconde porte. Je mate.

Retenez-moi, les gars ! Le second pensionnaire de Just Huncoudanlproz, c'est Mik Ballhole, le diplomate anglais dont on a signalé la disparition le mois dernier et qu'on croyait parti à l'Est. A l'est d'(Anthony) Eden. Troisième chambre, troisième stupeur : j'y débusque un vieillard chenu en qui j'ai toutes les peines du monde de reconnaître Anatole Corallien, le fameux banquier qui tua le grand-père de sa maîtresse, après avoir abusé de lui. On se souvient que le brasseur de fric s'enfuit, son forfait commis. On trouva trace de son passage en Suisse, puis aux Nouvelles-Zébrides après quoi, fini, plus rien. L'homme s'était escamoté.

La quatrième porte ? Je vous parie votre paie du mois prochain contre ma paie de l'année dernière que vous ne devinez pas. Si, si, allez-y, virgulez des noms pour voir. Qui donc ? Charles qui ?... Vous êtes dingue ! Je veux bien qu'on a expédié l'emboîtement, mais tout de même ! Ah vous, alors, rien ne vous épate ! On t'en dit gros comme le petit doigt et te faut le bras ! Non, cette fois, mes très chers, c'est Rebecca que je dégauchis, mignonnette toute pleine dans une chambrette à fleurs meublée Mimi Pinçon.

Elle dort ! Ce qui me porte à conclure que ces chambres sont puissamment insonorisées car personne ne semble avoir perçu (ni aperçu) mes tout récents gueulements.

La cinquième chambre recèle Mme César Pinaud, en pleine dorme également.

Du coup, un vif soulagement me ramone les angoisses. Ces deux femmes sont vivantes ! Dieu soit vendu ! Mézigue, à travers cette hécatombe, je pessimistais vilain à leur sujet, je peux vous le confier à présent, ne le perdez pas. Je me disais que dans ce petit Verdun (que désormais, dans les annales policières on appelle « La nuit Sauvage ») elles pouvaient y laisser leur vie, les deux chéries. Surtout la Pinaude ! Enfin bref, les v'là récupérées, saines et oises. C'est l'essentiel.

Je pourrais les libérer immediatly, mais je retarde l'instant, soucieux d'achever ma besogne et désireux de la finir en ayant les coudées franches. Les gonzesses, surtout quand on vient de les délivrer, sont d'une encombrance noire ! Et je cause ! Et j'explique ! Je questionne ! J'agrippe ! Il a de l'urgent sur le tapis, San-A., mes biquettes et biquets. Vous croyez pas qu'il va s'enrayer l'élan à bajaffer, non ! C'est pas dans sa manière ! D'accord, par moments il enlise l'action au profit de ses déblocages ; mais jamais il papote !

Ce que je veux ardemment, c'est mettre la main sur le gros asthmatique et sur Huncoudanlproz. Où sont-ils, ces deux bougres !

Sixième chambre ? Vide ! La septième porte ne comporte pas de judas. Son verrou n'étant pas mis, j'actionne la béquille du loquet. En vingt! C'est bouclé de l'autre côté.

J'ai un chargeur de rechange (et de recharge) dans le tiroir arrière gauche de mon futal. M'est donc possible d'utiliser les dernières prunes du magasin en cours.

Rrrrrrran an an an!

Salve (1) salve salvatrice!

Je vous recommande mon Tu-tues pour quand c'est que vous avez oublié votre clé ou bien que votre petit dernier s'est bouclé dans les vouatères et peut plus rouvrir. Une giclée dans la serrure avec ma burette suédoise et vous obtenez votre visa!

Pas de question: la serrure fait comme Otto, elle dit d'ac!

Je me doutais un tant soit chouille que j'allais pas débarquer dans une pièce comme les autres, mais bien sur un nouveau couloir. Il est en forme de galerie de mine. Cette fois, changement à vue... De simples étais de bois soutiennent une voûte glaiseuse et suintante. De l'eau en flaques sur un sol bourbeux... Le tout n'est éclairé que par une loupiote électrique très faiblarde. Je me mets à patauger dans la mouscaille tout en rechargeant mon feu.

Je réalise parfaitement le circuit. La propriété de Huncoudanlproz communique par ce souterrain avec la maison voisine. En cas de coup dur (dont acte) les occupants peuvent s'évacuer par là. Je vous parie, madame, ce à quoi vous pensez contre ce que je souhaite, qu'ils ont gerbé, mes deux lascars. Ces quel-

---

(1) *Note pour l'imprimeur: Faut m'écrire le premier « salve » en italique parce que c'est du latin! A bon an tendeur,* salve!

ques minutes de battement leur ont suffi. Je les imagine dans une bagnole rugissante, fonçant vers une autre retraite ! J'enrage ! J'endésespoire !

Ma galopade fait un bruit sinistre dans le conduit fangeux. Glaouf ! Glaouf ! Je dois parcourir de la sorte une vingt-cinquaine de mètres avant que d'atteindre un escadrin de pierre.

Oh ! Oh ! Au haut, une porte est demeurée ouverte. Je ressors dans une cave toute semblable à celle de l'autre baraque. Le coup du tonneau ! Quand il trouve un gadget futé, Just Huncoudanlproz, il l'exploite jusqu'au bout, décidément.

On lit la précipitation des fuyards aux portes qu'ils ont négligé de refermer une fois franchi le souterrain. Leur trajet est clairement balisé. Suffit de suivre. D'ailleurs les traces de leurs paturons bourbeux se lisent sur le sol.

Je monte un nouvel escalier, déboule dans un vestibule, traverse une cuisine puant le renfermé, où des araignées pénélopent à tout va. Une porte basse fait communiquer la cuisine en question avec le garage.

Cette fois je stoppe. A cause du bruit.

D'un double bruit dont l'un complète l'autre. Il s'agit d'un faible glouglou et d'une faible plainte. Les deux se superposent. Je m'accagnarde contre le mur et risque un œil dans le local.

La première chose que je vois est un homme, si j'ose jargonner ainsi.

Un homme mourant d'une bien sale mort.

L'individu défavorisé par le sort n'est autre que le gros mec qui nous a reçus. Il est pratiquement éventré, ce malheureux. Sortez, mesdames et mes demoiselles, je vais décrire ça à messieurs les hommes. Eux ont fait la guerre ou la feront, les sanguinoleries ne leur font donc pas peur. D'autant que je serai bref. Le gros fuyard a été abattu d'un coup de hache. L'horrible provient de la façon dont il l'a effacé. Selon moi, quelqu'un attendait derrière la porte le déboulé des fugitifs pour les assaisonner. L'asthmatique qui arrivait en tête a vu le bourreau avec sa hache levée, prêt à frapper. Il a eu un réflexe pour rejeter sa tête en arrière. Son geste a été suffisant pour épargner celle-ci, mais non pour mettre son buste hors d'atteinte.

Si bien que la cognée l'a cueilli au thorax. Il est fendu du cou au nombril ! Ce gâchis ! Il lui sort des trucs effrayants, mes pauvrets. En couleurs naturelles et qui malodorent. Des trucs qui fument ! Enfin, on vous a déjà montré tout ça au cinéma de votre quartier. Toujours est-il que ça ne va pas du tout pour lui. Il a davantage de chances de devenir chevalier dans l'ordre du mérite que centenaire.

Ma curiosité domptant ma répulsion, je me penche un peu plus. Boû lou lou ! La fête continue ! Y a matinée récréative décidément !

Deux hommes en imperméable, dont l'un est d'un blond presque blanc, en attachent un troisième à l'arrière d'une voiture automobile. C'est la manière qui importe. Ils ont placé un jerrican derrière le véhicule. Le troisième homme (il est en robe de chambre, comme une vulgaire patate) est allongé à plat ventre sur le sol, sa poitrine reposant contre le bidon de manière à le surélever.

Les deux zigs l'ont obligé d'ouvrir toute grande sa bouche et lui ont enfilé le pot d'échappement de la tire dans le bec. Plus justement, c'est Just qu'ils ont adapté au tuyau. Vous me filez le dur ? Merci. Huncoudanlproz, car je ne doute pas un instant qu'il s'agisse de lui, a les mains et les bras entravés. De plus, ses liens passent autour du pare-chocs de la chignole.

Le blond-blanc va se mettre au volant. Il est terriblement calme. Un robot dont les gestes seraient souples et coulés. Le v'là qui actionne le démarreur.

Se produit alors le plouf caractéristique du moteur. L'homme ligoté a un soubresaut. Il suffoque. Téter du gaz avec un chalumeau de ce diamètre est très mauvais pour les bronches, beaucoup de médecins spécialisés dans les voies respiratoires vous le confirmeront.

Le blond coupe la sauce et réapparaît. Son pote, un quinquagénaire grisonnant, tire leur victime en arrière pour le détuber. Il le fait basculer sur le dos. Le tête-pot est un type d'une petite quarantaine, joli garçon, avec des traits aristote-cratiques. Des yeux bleus injectés de sang pour l'instant et une bouche béante, toute noire. Il n'arrive pas à reprendre son souffle. Tel qu'il est parti, il va tousser ses poumons, sa rate, son gésier et trois mètres cinquante de durite.

— On recommence ? lui demande l'homme aux tifs gris.

Le pauvre diable dénègue du chef sans cesser d'expectorer.

— Alors rendez-nous la tête ! dit son tourmenteur.

— Allons, messieurs, c'est vous qui perdez la vôtre ! lance le glorieux San-Antonio en s'avançant.

CHAPITRE IX

PATATRAC !

Tu fais une entrée fortuite en claironnant le mot « messieurs » et tu prends un avantage immédiat. Voyez Ruy Blas, par exemple. « Bon appétit, messieurs ! » Comment que ça les a confondus, les ministres z'intègres. Comment qu'il a pu placer pour le coup sa grande tirade sur l'aigle à Charles Quint transformé en poulaga recette Henri IV !

Dans mon bigntz, y a qu'un inconvénient.

Et il est majeur et vacciné, l'inconvénient.

L'un de mes « messieurs » ne comprend pas le franche-caille si bien que ma réplique spadassine le laisse froid comme un sorbet sibérien. Tout ce qu'il pige, le cher garçon, c'est que je les braque. Alors, comme il a des réflexes et l'art de les utiliser, il se jette derrière la bagnole dont le pauvre Huncoudanlproz tétait les gaz avec une paille, et il dégaine à son tour.

Allons, bon. On va droit au siège, mes gueux ! *Fort Alamo* version banlieue ! Cette nuit sanglante n'est donc pas encore terminée ? Pourtant il fait complètement jour maintenant ! C'est pour quelle heure, le cessez-le-feu ?

J'interpelle le quinquagénaire (je le qualifie ainsi,

ignorant son nom et ayant la flemme de lui chercher un pseudonyme).

— Puisque tu parles français, dis à ton pote de déposer les armes. Le quartier est cerné et il est inutile d'aggraver la situation. A partir de tout de suite, c'est du matuche que vous pouvez démolir, et la viande de flic, sur pied, coûte une fortune !

Ce connard, tout ce qu'il fait pour m'obtempérer, c'est de lever à demi les mains : il n'engage que lui ! Là-dessus, deux balles me décoiffent. J'ai juste le temps de me baisser. Il a l'air décidé à continuer sa série de malheurs, le blondinet.

Moi, vous me connaissez ? Je dispose toujours d'une foule d'atouts dans les cas difficiles. Le principal étant la chance !

En m'accagnardant, je constate que deux boutons blancs sont fichés dans le mur, à portée de ma main. L'un commande l'ouverture automatique de la porte du garage, l'autre l'électricité. D'un geste vif je les actionne simultanément. Une solide pénombre engloutit les contours du local. Elle va en s'accentuant vu que le vaste panneau de la lourde est en train de basculer lentement. Toujours accroupi, je vais m'embusquer de l'autre côté de la bagnole. Le grand rectangle blafard de l'ouverture se rétrécit comme certains écrans de cinoche s'adaptant aux différents diamètres des films projetés. J'attends. Le vantail continue de se rabattre, avec un léger zonzon électrique. Il n'est plus qu'à un mètre du sol lorsque le blond joue son va-tout pour se tirer de ce piège à rat. Il exécute un admirable roulé-boulé.

Il est futé car, pour sortir, il a attendu que la porte soit presque fermée de manière à ce qu'elle protège sa fuite au maxi. Je défouraille dans sa direction. Trois prunes dont la dernière sonne clair contre le cadre métallique de la porte. L'ai-je touché ? Mystère !

A pas de loup je reviens vers mon poste précédent afin de réactionner la lumière et la porte.

A peine ai-je réappuyé sur les boutons qu'une pétarade grondante fait vibrer le garage.

Le grisonnant a mis notre rodéo à profit pour se couler dans l'auto. Il démarre sèchement. Je n'ai pas le temps de me précipiter. La guinde a répondu au quart de tour. Il embraye sec, met la sauce et percute en force la porte qui commençait de s'ouvrir.

« Arrrrhhan ! » ça produit, comme bruit.

Presque « hareng ». C'est drôle, non ? Pourtant, habituellement, un hareng, c'est silencieux. Le délicat moteur d'ouverture est bousculé dans ses engrenages. Un moteur, faut lui obéir, jamais le braver. Dès que tu le prends à contre-piston, il te dit merde et se met en berne. Çui-là pousse un juron et devient plus flasque que la zézette d'un membre de l'institut bourré de diabète. La porte folle se relève d'un coup. La tire, une forte Mercedes de gros P.-D.G. (ou de vieux M.A.C. ou de riche B.O.F.) fonce dans une allée goudronnée.

Elle embarde légèrement en escaladant le blond étalé sur son passage (bravo, San-Antonio, ton premier prix de tir, tu ne l'avais pas volé).

Vous materiez ce circus, mes pauvres potes !

Quel gâchis !

Parce que le cher Huncoudanlproz est toujours attaché au pare-chocs arrière.

Les chocs, il les pare pas du tout ! Ce sont eux au

contraire qui ne le désemparent pas ! Bling ! Blong !
Bloug ! Pouf ! Tiaf ! Zim ! Boum (1) !

Le bougre tressaute, cogne, heurte, frappe. Il hurle !
Il agonit ! Il agonise ! Je m'élance, le feu au poing.

Je vise soigneusement la lunette arrière. Vite, San-
A. ! Vite !

Je presse la détente. Et couic ! Pour la première fois
de sa carrière, cet effronté de *Tu-Tues* s'enraye ! J'ai
trop défouraillé à bout portant dans des portes. Il a dû
se fausser ou quelque chose comme ça. Toujours est-il
qu'il renonce. Ah, l'ordure ! Ah, le mesquin déserteur !
Vous vous rendez compte ! LE revolver de San-Antonio
qui se croise les bras ! Je te le vas révoquer d'urgence, ce
voyou passé à l'ennemi ! Il déshonore mes poches ! D'un
geste rageur je l'expédie à la campagne dans les bé-
gonias du jardin. Après quoi, je me fous à courir derrière la bagnole. Elle a pris de la vitesse. Faut vous dire
qu'il n'y a pas de portail à cette seconde propriété. L'est
déjà sur le quai du général Foudroyet, la Mère Cédès.

Une 6 litres 3, vous pensez si ça déménage. C'est pas
le zigoto attaché à son arrière qui la perturbe. Ça
représente une petite casserolette à la queue d'un saint-
bernard ! Et encore ! La voilà qui disparaît au tournant
du quai et de la rue Brouffebrite. Vous pensez que le
conducteur a oublié son client du pare-chocs ? J'ai idée
qu'il va avoir du succès, en ville avec cette surprenante
remorque au panier !

Un bonhomme glaglateux se pointe à ma hauteur. Le
pêcheur de naguère !

— Dites, il bredouille en se retenant le dentier à deux
mains, est-ce que vous avez vu ce que j'ai vu ?

_____

(1) Cf. les titres de chapitre de cet ouvrage extraordinaire.

— Ben quoi, j'objecte, vous trouvez extraordinaire, vous, un type qui pousse une auto pour la faire démarrer ?

Le pille-Marne secoue la tête.

— Il la poussait pas : il était couché par terre !

— Chacun a ses petites recettes, mon vieux ! Pourquoi tout le monde devrait-il faire comme tout le monde ?

Le père La Méduse se demande s'il *radeaute*. Des fois que le miroitement de l'eau lui filerait des étourdissements après toux.

Il reste indécis, dans l'attitude du bonhomme de neige en train de fondre. Puis il a un geste mou pour me désigner le blondinet écrasé dans l'allée.

— Et ça, là ?

— C'est un jeune homme, je dis.

— Mais il a la tête écrabouillée !

— Vous avez déjà vu des types prendre une Mercedes 300 sur la tronche sans être décoiffés, vous ?

Ça lui suffit !

Le v'là qui retrouve la vélocité de ses cinquante ans et le souffle de l'époque où il était clairon à son régiment pour se sauver en hurlant au secours !

Au secours de qui, je vous le demande ! Tout le monde est mort !

Ç'en fait sept de dénombrés à c't' heure. Et je ne fais pas état de Just Huncoudanlproz, lequel ne doit plus tellement avoir l'éclat du neuf derrière sa Dolorès 300 !

*
**

Touchantes, les retrouvailles de ces dadames.

On s'effusionne copieusement. On se raconte les

chapitres précédents. Elles parlent en même temps, chacune pour soi. Parce que c'est toujours ainsi dans la vie : les gens ne causent que pour eux-mêmes. Ils ne s'intéressent qu'à ce qu'ils savent, tout comme ils n'aiment que les chansons qu'ils connaissent ! La mère Pinaud se prend pour Mme Dassault et raconte son kidnapping ! Berthe explique le petit Antoine, la clocharde, la tête dans le frigo, la pauvre Thérèse, l'horrible Manigance, le reste ! Elles se juxtaposent la diatribe ! S'escaladent l'explication. Montent le ton ! S'entrecroisent les épithètes.

Je les laisse pour rendre une visite surfine à Rebecca.

Lorsque j'entre dans sa carrée, elle dort toujours, la môme courant d'air ! Ces cellules de luxe sont, ainsi que je l'avais décidé plus haut, complètement insonorisées. Tu peux tirer n'importe quoi dans le couloir : un coup de canon ou un coup tout court, t'entends rigoureusement rien de l'intérieur.

Je relourde délicatement et prends place dans un fauteuil. Au bout d'un instant, les ondes de ma présence vont titiller l'entendement de mam'zelle Gigot. Elle bat des cils et me défrime mollement ; puis son regard se précise, la lucidité l'illumine et, d'un bloc, la camarade de lèche-frifrite de Nini se met sur son séant.

— Non, ma poule, tu ne cauchemardes pas, soupiré-je. C'est bien moi, le seul, le vrai, l'unique, le grand San-Antonio. Je n'ai pas fait long pour te retrouver et pour découvrir le pot aux roses, hé ? Quelques heures... Une prouesse, non ? Cela dit, la nuit a été longue, ma chérie. Mais c'est pas le tout, pendant qu'il me reste encore un chouïa d'énergie, faut que je mette à jour. J'aime pas accumuler les factures impayées. Tu veux bien te lever, mignonne ?

Elle me mate sans réagir.

— Debout ! ! ! je lui hurle.

Illico, elle se dresse.

J'en fais autant : c'est pas poli, un m'sieur qui reste assis devant une dame debout ! Tous les manuels de savoir-vivre vous le diront.

— Fais chaud chez toi, soupiré-je en posant ma veste.

Après quoi je me croise et me décroise les mains une demi-douzaine de fois consécutives, comme un pianiste qui viendrait de faire la barre fixe avant d'interpréter le Con sert tôt de Francis Lopez. Lorsque je me sens les salsifis bien agiles, magnifiquement déliés, je commence à la mornifler à toute beauté. Oh, ce trèfle à cinq feuilles, mes mignardes ! Ça fait « couic » dans la tronche de Marcelle-Rebecouille-de-mes-deux-cas ! Je lui laisse pas le temps de chialer. Y a la sœur jumelle de la précédente qui vient en revers. Ensuite, me reste plus qu'à continuer. Je les compte plus. J'assaisonne tant que ça peut. Les dents crochetées par la rogne. Flic-floc ! Pif ! Paf (1). Elle titube, vacille, embarde, se remet d'aplomb ! Perd tout aplomb ! Se plombe ! Penche ! Se désincline ! Se déglingue ! Se saintglinglinte ! On dirait qu'elle est frappée de couperose, Rebecca, lorsque j'arrête ma distribution de tartelettes. Chose surprenante, elle est restée droite et ne pleure pas.

Le silence forcené, désespérant, du puni qui trouve son châtiment mérité et s'étonne même qu'il ne soit pas plus sévère.

Seulement bibi ne s'estime pas quitte ! Oh, que non ! Oh, quenouille ! J'attrape la fille en soudard et lui trousse la jupaille. Rrran, d'un seul coup ! J'ai un

---

(1) Cf. encore mes têtes de chapitre.

compte à régler avec les panties et les collants à présent !
Te chope à pleins doigts cruels l'un et l'autre. Ça fait
Craaaaaactchiiii (1) ! Je déchire primo le côté pile,
deuxio le côté face ! Le tout s'écroule misérablement sur
le tapis. Ce qui reste, m'est obligation de vous le dire,
est de toute splendeur ! Une merveille de cuisses ! Un
dargiflet plus beau que le portrait en couleur de Richard
Nixon ! Une tirelire à bouclettes qui ferait dérailler un
fourgon de queue ! Une peau délicieusement ocre,
p't' être bistre après tout ? Satinée, veloutée !

Moi, vous me connaissez ?

Bon, alors pas besoin de vous faire un dessin qui
risquerait de vouer cet ouvrage aux foudres d'une
censure qui vigile, mine de rien.

Ah ! ma petite gougne, je me bredouille en aparté, tu
vas avoir ta fête en vistavision ! Une seule bougie pour
l'happy-birthday, mais de taille ! A toute violée je
catapulte miss Sales-Combines sur son plumard encore
tiède. Et hop ! Le saut de l'ange ! Il plonge, San-A. Oh,
le beau triton ! Neptune, à moi ! Que ta fourche
l'enfourche ! Ah, t'as voulu que je grimpe chez toi, ma
gredine ! Ah ! t'as voulu me chambrer ! Ah, tu m'as pris
pour un quart de Brie ! Ah, tu t'imaginais que San-
Antonio avait des méninges achetées en solde au rayon
garçonnet du rayon Machin ! Ah, tu joues les mariolles
pimbêches ! Ah, tu croques de l'ail ! Ah ! ah...

Cette troussée, mes poules ! Quelle était verte ma
vallée des délices ! Mamma mia ! Tiens, chope ! Et pas
d'entrave à la liberté de la presse ! Ça presse trop ! T'en
voudrais pas ? T'en auras le double ! Pas de quartier !

_____

(1) J'ai peut-être oublié un « i », en ce cas ne m'en veuillez pas,
vous savez ce que c'est que le coup de feu ?

L'unité pleine et entière ! Pan dans la hune ! A la baguette ! Dans les baguettes ! Laisse bien lesbienne de côté ! V'là ton billet de croisière, mignonne. Ton titre de transports ! Emmène-toi promener dans la purée ! Haute voltige ! Quadrille des lanciers ! Et radadi-et radadoche t'as ton zizi sous ma brioche ! (ronde enfantine). Hein qu'elle est faite au moule ? Pour les moules ? C'est la grosse Nini qui t'entreprend le glandulaire ainsi ? Pas elle qui te décoiffe la frisette de cette manière ! Tu le connaissais pas, le coup du taureau camarguais ? Et çui du moine maudit ? La queue de la poêle ? Le poil de l'aqueux ? L'aquaplane magique ! Tintin dans le milou ! La brouette à glissière... Le déraillement téléguidé ! Pince-me et pince-fesse sont sur un bateau... La tante Hortense n'a plus de culotte ! Fume la mère de madame ! Tronche-montagne ! Le cœur est un petit grelot. La fusée infernale ! Le sous-off de Christophe Colomb. La faim des Romanoff (à la coque). Seul maître queux à bord ! C'est pas bon, ça ? Dis, gosse, c'est pas plus sublime que le chat-chat-chat ? La danse de Ventre-Saint-Gris ! La Valse ardente ! Le tango godeur !

Te la finis à la baïonnette ! Te lui démantèle le bastringue ! Te lui désorganise le système nerveux ! L'embroussaille ! La submerge ! La confine ! La dévaste ! La rectifie ! Lui fais toucher les deux et Paul ! L'emporte dans de sauvages éblouissements !

Qu'à la fin, Mam'selle La Liche en évanouit d'apothéose. S'engloutit dans son trésor comme une qui plongerait dans sa propre faille et s'y anéantirait totalement, tant il est vrai, comme l'écrivait récemment le professeur Lucien Saillet dans son traité sur la *Déconnection du bouton de chaglaglate dans le coït moderne,* tant il est vrai (je cite) « que *le meilleur moment de l'amour c'est pas quand on monte l'escalier, mais quand on lâche la rampe* » (fin de citation, ajouterait Léon Zitroën).

La porte de la chambre s'ouvre fougueusement. J'ai pas le temps de me rajuster, comme on dit dans les romans libertins du XIIIe siècle et du 16e arrondissement : Berthe s'avance, les mains jointes, comme une miraculée de frais.

— Santonio, glabouille-t-elle, Ah ! Oh ! J'ai tout vu par le trou du judas. Tout ! Bravo ! Magnifique ! Je ne savais pas que ça pouvait exister. Je m'en doutais sans y croire vraiment ! Mon Dieu que c'était beau ! Plus beau que le Gaullisme ! Je n'en reviens pas ! N'en reviendrai jamais ! Quel tempérament exceptionnel ! Quelle vitalité ! Est-ce que cette petite conne a bien apprécié, au moins ! J'eusse donné n'importe quoi pour être à sa place ! Qu'est-ce que je raconte, n'importe quoi ! Tout ! ! ! Béru, ma vie ! Mes économies ! Ma bague de fiançailles ! La photo de maman ! Quand je pense que j'admirais Alfred, notre ami le coiffeur ! Petite folle que j'étais ! Innocente ! Santonio, mon ami, mon chéri, mon roi, mais je viens de m'apercevoir d'une chose terrible : je connais encore rien de l'amour ! Je sus neuve ! J' sus vierge !

Comme elle prétend m'enlacer, je la refoule d'un geste blasé.

— Merci pour vos compliments, ma bonne. Venant de vous ils me touchent profondément.

— Putain ! crie une voix dans le couloir.

Je regarde. La mère Pinaud qui a pris la relève pour ce qui est de coltiner Antoine défrime Berthe d'un œil haineux. Elle a le visage inondé de larmes et une estafilade sur la joue gauche.

— Que vous est-il arrivé, chère vous ? exclamé-je.

— Laissez, gronde la Gravosse. Cette pie rance voulait regarder aussi par le judas, seulement comme il était qu'à une place y a fallu que je la bousculasse.

Je refoule les deux commères.

— Faites la paix, leur recommandé-je, nous approchons de la conclusion et il ne faut pas laisser le lecteur sur une mauvaise impression. C'est une simple question de probité professionnelle.

*   *
*

— Alors, Rebecca, si tu te mettais à jour, à présent ?

Elle amorce un début de pleurnicherie pour m'amadouer. Elle se dit qu'en ajoutant quelques larmiches bien venues à nos transports, elle achèvera de m'annexer, ce qui est d'une puérilité que je me réserve de lui démontrer, le moment venu.

— Chéri, mon amour, murmure-t-elle, d'une voix rauque, en me contemplant avec des yeux soulignés de reconnaissance ; c'est si délicat à expliquer...

— Bon, allons-y. Primo tes relations avec ton patron.

Elle détourne les yeux. V'là que je lui embouteille déjà le plan d'action.

— T'es de Lesbos par adoption, hein ? je ricane. En fait t'as déjà tâté du julot, ma fille. Je devine qu'il t'a fait le coup du grand vizir, Just, non ? Il est beau gosse, il a de l'allure... Bref, tu étais sa maîtresse ?

Vous savez ce qu'elle me répond ? Ah non, ce que les gonzesses sont désarmantes... Elle me dit :

— Un petit peu.

Un petit peu! Ces dames couchaillent du bout des fesses, ou bien en grand. Elle, c'était pour ainsi dire ses obligations de secrétaire. La radadasse professionnelle.

— Tout a commencé avec ton histoire de neveu, n'est-ce pas?

— En effet.

— Un truc qu'on ne peut pas t'enlever : tu as l'esprit de famille. Lorsque le môme s'est évadé, il est venu te relancer pour que tu l'aides?

Un silence. Mais ma perspicacité a raison de ses réticences. Alors elle approuve d'un léger signe de sa tête de linotte.

— Tu l'as planqué chez vous en cachette de Nini?

— Oui.

— Où ça?

— Sur la terrasse, elle n'y monte jamais.

— Il a fait du camping?

— Pour ainsi dire.

— Longtemps?

— Quelques jours.

— La suite?

Elle hausse les épaules.

— Ah non! m'emporté-je, la période des pimbêchages est terminée. On bivouaque sur le perron de la cour d'assises, ma gosse, essaie de comprendre! La Vérité, que tu ergotes, que tu minaudes, que tu pleurniches ou non, te sera arrachée mot après mot, comme on plume une volaille. D'autres types que moi t'entreprendront, et ça ne sera pas de la meringue!

— Un jour, Charles m'a téléphoné au bureau. Il était épouvanté. Il m'a raconté qu'un homme venait de s'introduire chez nous en passant par les toits. Pris de peur, il l'avait tué d'un coup de hallebarde.

Ah, bien... Donc, le môme est l'assassin de Kelloustik ! L'histoire de la hallebarde décrochée en hâte plaide effectivement pour l'affolement.

— Je vois. Cette nouvelle t'a « révolutionnée », ma pauvre loute, et tu t'es confiée à Just, exact ?

— Oui.

— Tu lui avais déjà parlé du neveu, ce qui a facilité les choses... Il t'a dit de ne pas perdre le nord et il t'a accompagnée quai d'Orléans pour aviser sur place.

J'en suis à cette période, si essentielle pour un agenceur où « je vois » les choses. La vérité passe au loin, dans la nuit, comme les lettres de feu d'un journal lumineux. En regardant bien, en exerçant son œil et son esprit, on parvient à déchiffrer. On remplace approximativement les mots sautés. On trouve en lisant ce qui est lisible le sens des phrases manquantes. C'est un jeu. Une voltige mentale.

Ainsi, l'affaire de l'île Saint-Louis, je la conçois parfaitement maintenant.

Rebecca noire de trouille radine au bras de son patron-amant. Il y a là un mort et un délinquant en fuite qui claque des dents parce qu'il a sauté le pas.

Just Huncoudanlproz est un homme calme qui sait dominer les situations fâcheuses. Il réfléchit, décide, impose un plan d'action. Primo : se débarrasser du cadavre en le virgulant dans la cour. Ensuite faire disparaître dans la mesure du possible les traces du drame : sang, tapis, hallebarde. Tout rectifier pour que Nini ne s'aperçoive de rien... Il se chargera de planquer le garnement meurtrier. Tu parles, parallèlement à ses occupations officielles, il a d'autres activités nécessitant une main-d'œuvre d'un genre particulier ! Charles Nai-

disse peut être une recrue intéressante dans son
« équipe »...

Le bouton de blazer?...

C'est lui qui l'a arraché de la veste du môme pour le
carrer entre les dents du mort. Sans doute même a-t-il
persuadé Charly qu'il fallait agir ainsi pour, le cas
échéant, pouvoir plaider la légitime défense. Prouver
aux autorités qu'il avait dû se colleter avec sa victime.

Bon, la filoche. Le blanc-bec est amené dans la
maison de Nogent. On l'embrigade. C'est un petit gars
prêt à tout. Il a franchi la ligne désormais. Il a tué!

Je questionne Rebecca.

Et Rebecca confirme.

Pourtant elle tique lorsque je fais état de « l'organisation ».

— Quelle organisation? demande-t-elle.

— Sans charre, tu n'es pas au courant de la partie
occulte de *Néo-Promo*?

— Mais non...

Elle paraît franchement éberluée. Bon, passons. Il
n'importe. Ça change quoi qu'elle sache ou non que
cette maison sert de planque aux bannis illustres, aux
grands traqués de ce monde? Huncoudanlproz est à la
tête d'un trafic peu banal. Il « escamote » ceux pour qui
le monde est devenu trop petit! L'émir, le diplomate, le
banquier... Il leur assure ce bien inestimable entre tous
pour un homme traqué : *du temps*. Plus la vie douil-
lette... Le rêve, quoi!

Mais à un certain moment, le truc s'est fissuré.

Il a craqué.

J'arrive pas à piger l'intervention de Kelloustik dans
ce bigntz. La tête tranchée! Thérèse appelant chez le
bijoutier de Saint-Franc-la-Père... Et le pourri de Mani-

gance observant les allées et venues nocturnes de la jeune femme. Mes questions demeurent sans réponse, dès lors que Rebecca ignore ce dont je parle.

Elle n'a été qu'un épisode de l'affaire.

Un épisode somme toute banal, mais qui, pourtant m'a permis de mettre le tarin dans tout ça !

Alors ?

CHAPITRE X

TIAOUFE !

— Vous permettez que je le tienne un peu ? demande soudain le Vieux, au milieu de la conversation. Il est amusant ce petit bonhomme. Qu'allez-vous en faire ? Le porter à l'Assistance Publique ?

Je lui refile le mouflingue. Il s'en saisit avec une gaucherie précautionneuse. Ça me rappelle, dans une église de notre quartier, jadis, une statue de saint Joseph tenant le petit Jésus. Le Joseph avait l'air emprunté et attendri et semblait se dire : « Il est pas de moi, mais je l'aime bien quand même ! »

— A poulou gnou ! attaque le Dabe ! Gouzi vala glagla pu pu ! Achegne gnere ! Bizou goulou !

— Si la chose est possible, j'aimerais bien l'emmener à ma mère, en attendant qu'on ait récupéré sa famille, s'il en a une, toutefois ! murmuré-je. Ce qu'elle serait heureuse, M'man, avec un petit monstre comme ça à soigner...

— Je comprends, dit le Vioque. C'est un rayon de soleil.

Il se renfrogne et me rend Antoine, vu que le « rayon de soleil » vient de pisser sur son bleu croisé.

— Nous disions donc, reprend-il sans plus s'occuper du bébé...

— Qu'on vient d'appréhender mon fuyard à la Mercedes, rembranché-je. Avec le colis qu'il traînait, il n'a pas dû aller loin.

— Effectivement, il s'est fait coiffer au pont de Nogent par une escouade de garçons bouchers se rendant à La Villette, ô ironie !

— Huncoudanlproz est mort ?

— Aussi surprenant que cela paraisse, non. Il ressemble à une arête de sole, mais il vit encore. Peut-être parviendra-t-on à le sauver, ou au moins à lui permettre de parler.

— Et le type aux cheveux gris ?

— On est en train de lui faire subir un premier interrogatoire.

Le boss appuie sur un contacteur.

— Mollard ? demande-t-il...

Un hurlement lui répond, légèrement précédé d'un bruit de gnon.

— Mouais ? halète une voix essoufflée.

Puis, Mollard réalise la qualité du demandeur et déclare :

— A vos ordres, m'sieur le directeur.

— Du nouveau ?

— Ça vient, monsieur le directeur. Ça vient... Et quand ça vient pas on y fait venir. Ainsi, la tête coupée est celle de...

— Akel Fâtrah-Kwalha, l'ancien chef du parti Kontrebâs Hakord, coupé-je vivement.

Prélude à l'après-midi d'un interphone ! Le nasillement métallo-clapoteur de l'appareil cesse un instant, puis reprend :

— C'est San-Antonio qui cause?

— Lui-même, fils. Tout à l'heure, en attendant d'être reçu par le Boss, j'ai eu un trait de lumière. Je me suis rappelé avoir vu cette tête-là quelque part.

— Les services secrets d'El Sbhârchézamer ont fait appel à l'organisation secrète *Sisterhand* à quelle appartient notre client ici présent. Ordre de retrouver coûte que coûte Akel Fâtrah-Kwalha, de le buter et de fournir, au moment du règlement, la preuve absolue de sa mort.

— Ce qui fut fait, aigrise le Vieux. Quelle meilleure preuve et moins encombrante que la tête de l'intéressé.

Je lance à Mollard :

— Kelloustik travaillait pour la *Sisterhand Agency?*

— Paraît. Mais il a voulu freiner les mecs. Il leur a subtilisé la tête habilement et s'est mis en tête (si j'ose dire) de la leur revendre au poids de l'or. Ce n'est qu'au moment où il a posé ses conditions qu'ils ont su que c'était lui le ravisseur... Y a eu tout un cirque triangulaire autour de cette tronche... Les gars de la *Sisterhand,* la bande à Huncoudanlproz, Kelloustik et sa bonne femme...

Et sa bonne femme !

Je mordille les cheveux d'Antoine. Ils sont fins et blonds. Ils ont un goût de pain chaud.

— T'avais des drôles de parents, camarade, lui chuchoté-je dans les manettes. Va falloir que ceux qui s'occuperont de toi désormais t'élèvent au cordeau pour rattraper ta fâcheuse hérédité, mon pauvre canard.

— Dès que vous en saurez davantage, appelez ! ordonne le Vioque avant d'interrompre le contact.

L'appareil redevient une chose muette, compacte,

inerte. Un bloc de métal gris dans les flancs duquel, cependant, germent de tortueux secrets.

— Quel amphigouri, n'est-ce pas, monsieur le directeur ? Cette guerre autour d'une tête coupée. La *Sisterhand* qui découvre la singulière pension de famille d'Huncoudanlproz. Ce dernier qui veut récupérer le sanglant trophée pour préserver la réputation occulte de son trafic ! Et puis le couple des Kelloustik venu brouiller les cartes... Sans parler du neveu dévoyé qui entre dans le circuit comme un chien fou, casse la cabane et flanque la pagaye d'un bord à l'autre de l'affaire !

Le Boss hoche la tête.

— Vous devriez emmener ce marmot dans un endroit tranquille, San-Antonio, puisque vous l'assumez en attendant que sa situation soit éclaircie. J'ai l'impression qu'il a vécu sans le savoir la plus sale nuit de son existence...

Il est réveillé, Antoine. C'est une nature, car il se tient peinard et virgule des sourires confiants à la ronde. Ce jour nouveau lui botte. Faut dire qu'il y a plein de soleil et que pour une fois, le ciel de Paris est bleu comme sur un chromo italien.

— Je vais rentrer, monsieur le directeur.

— Et profitez-en pour piquer un bon somme, vous avez une tête épouvantable.

— Parce que je tombe de fatigue.

Etourdiment je questionne :

— Vous avez donné des ordres pour qu'on fasse un doigt de chasse à courre au fils Naidisse ? M'est avis qu'il aura des choses intéressantes à nous dire, car bien des points restent obscurs dans cette affaire.

— Lesquels, par exemple ? demande négligemment

le carbonisé du mamelon en adressant une mimique bébête au bébé.

— Ainsi, je ne comprends pas ce que Kelloustik est allé faire chez nos deux bonnes femmes du quai d'Orléans, et encore moins la raison pour laquelle Thérèse, sa femme, a téléphoné cette nuit chez les bijoutiers.

Le Dabe est marrant en grand-père gâteau. Le v'là qui se cloque son tampon-buvard sur le sommet de la coupole, puis il s'enfile l'extrémité de chaque pouce dans les portugaises pour se confectionner des oreilles d'éléphant.

— Abrre zougou, michou bililili, pou! fait-il à Antoine.

Le môme en bave des stalactites longues de quarante centimètres :

— Il ne sera pas bête, assure le Big Dirlo. Il a déjà le sens de l'humour. Seigneur, dire que cet ange deviendra un homme !

Moi, sa philosophie, au Boss, je lui ai toujours trouvé l'aspect et la consistance d'une tarte à la crème. Les proverbes les plus branques semblent avoir été inventés à son intention : *Tant va la crue salaud qu'à la fin elle se case. Un bien vomi œufs que deux tulles au ras,* etc. Son bréviaire ! La canne de sa morale ! La raie jaune de son existence !

Pourtant, la vérité première qu'il vient d'énoncer me laisse tout chose. Dire que le mignon Antoine deviendra un salopard de mec comme vous et moi. Une bête forniqueuse et cupide, bourrée de vices et de microbes !

Je rêvasse au destin en forme de virgules de chiottes publiques du rejeton quand le vioque ouvre son tiroir et y prend un truc noir qu'il m'agite sous le nez.

— On a trouvé ce carnet dans la poche de Thérèse Kelloustik, tout à l'heure.

Ses yeux bleu-blanc ont un reflet d'eau de roche.

— Il apporte une indication formelle à propos des relations du ménage. La page intéressante a été cochée, lisez, il n'y a qu'une ligne, mais elle pèsera lourd dans la balance au procès.

Le cœur battant (heureusement, pourvu que ça dure encore un demi-siècle!), je me saisis du petit machin à couverture de moles(mes)quine.

Le nom éclate comme un pet de nonne dans une cathédrale vide.

Rebecca. 812 qu. d'Orléans. Tel : Med. 00.00 (1)

— Il l'appelait « Rebecca », de son surnom, murmure le Vieux, d'où je conclus qu'ils étaient très liés. C'était « elle » le « qui tu sais » de la lettre à Thérèse, mon cher. C'est « elle » qui est à l'intersection de tout ça, tirant les ficelles et essayant de faire sa pelote en bernant les uns et les autres. De bout en bout elle a joué à la petite gourde timorée, dépassée par les circonstances. En fait elle a abusé tout le monde, principalement son neveu (auquel elle a fait porter le chapeau), son copain Kelloustik (qu'elle a peut-être assassiné) et son patron et amant (chez qui elle est allée se réfugier lorsque ça s'est gâté pour laisser accroire qu'il la séquestrait). Une trop fine mouche !

— Vous oubliez quelqu'un qu'elle a également pris pour une pomme, patron.

Le Dabe sourit.

---

(1) Vous parlez que j'allais pas vous filer le vrai numéro : ni même un faux, parce que dans un roman, un faux numéro c'est toujours le vrai d'un plouc quelconque qui, ensuite, te fait un procès.

— Vous ? fait-il. C'est par discrétion que j'omettais, mon cher San-Antonio. D'ailleurs vous n'avez été sa dupe que partiellement et c'est grâce à vous que la vérité a éclaté.

— A moi et à Berthe Bérurier, dis-je loyalement. Cette digne ogresse a des dons plus affinés que son époux.

Je grommelle :

— Où est Rebecca ?

Pépère désigne une touche de son interphone.

— Je prendrai de ses nouvelles plus tard. J'ai mis « Sifoine dessus » !

J'opine.

— Il y sera bien. C'est un endroit où il fait bon passer ses loisirs.

Le Vieux, vous le connaissez ?

L'aime pas les alluses salaces. Voilà qu'il rembrunit. Détourne son pudibond regard.

— Je pense, déclare-t-il pour surmonter sa gêne, que l'organisation *Sisterhand*, lorsqu'elle a commencé à s'intéresser à Huncoudanlproz, s'est assuré la coopération de sa secrétaire. Cette fille qui est une mythomane a aussitôt...

— Exactement, fais-je en réprimant un bâillement.

Et je m'en vais fort impoliment.

Y a des moments où la fatigue, la désabusance, la merderie de la vie l'emportent.

Vous emportent.

J'ai besoin de chez moi.

C'est humain, non ?

CONCLUSION

Félicie, je lui ai acheté un moulin électrique pour son anniversaire l'an dernier. Une belle machine blanche et grise, hérissée de boutons, avec un moteur silencieux comme çui d'une Rolls en faillite, un zinzin lumineux, des choses et des machins. Pourtant elle continue d'utiliser son vieux moulard à pogne. Celui dont le tiroir se barre si on le serre pas bien entre ses jambes et dont le rouage fait un boucan de machine à battre d'autrefois.

Elle mouline du caoua lorsque je m'annonce.

C'est au moment de pénétrer dans la cuistance que je réalise ! Le moulin à café qui me déclenche : aujourd'hui c'est l'anniversaire à M'man. Et dire que j'allais oublier !

Dans le fond c'est chouette que je passe la journée à tome, non ? Quand j'aurai récupéré, j'irai acheter des fleurs, et puis une bricole, j' sais pas quoi...

— Mon Grand ! C'est toi !

Un grand coup de bonheur l'illumine. Elle pose son moulin, se dresse.

— Comme tu as l'air fatigué ! Mais... mais qu'est-ce que c'est que ce bébé ?

— Il s'appelle Antoine, dis-je en le lui collant dans les bras. Je te souhaite un bon anniversaire, M'man. La-dessus, je monte me pieuter.

FIN

Achevé d'imprimer le 20 mai 1983
sur les presses de l'Imprimerie Bussière
à Saint-Amand (Cher)

— N° d'impression : 2805. —
Dépôt légal : juillet 1983.
Imprimé en France

PUBLICATION MENSUELLE